故事会
精品系列

网络故事

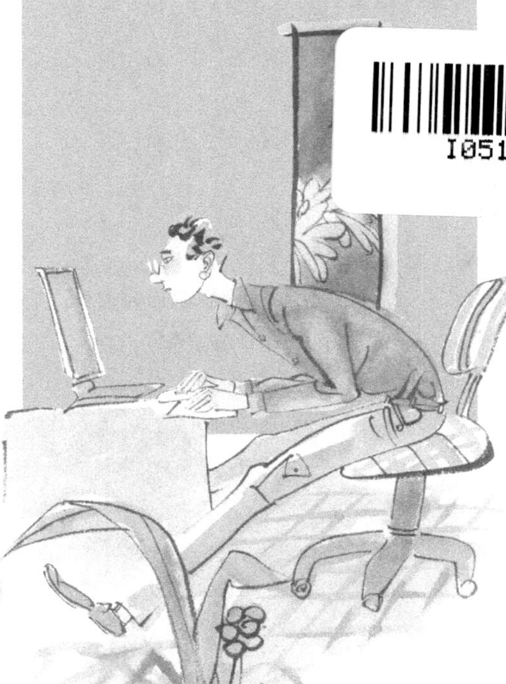

I0517146

上海锦绣文章出版社
上海故事会文化传媒有限公司

上海文艺出版（集团）有限公司

图书在版编目(CIP)数据

网络故事 《故事会》编辑部编 – 上海：上海锦绣文章出版社
（故事会精品系列） ISBN 978-7-5452-0844-3

Ⅰ．①网...Ⅱ．①故...Ⅲ．①故事 作品集 中国 当代 Ⅳ．I247.8

中国版本图书馆 CIP 数据核字 (2011) 第 021519 号

丛 书 名：故事会精品系列

书　　　名：网络故事

主　　　编：何承伟

编　　　委：何承伟　　吴　伦　　姚自豪　　夏一鸣

责任编辑：刘迎曦　　鲍　放

装帧设计：王　伟

责任督印：张　凯

出　　　版：　上海锦绣文章出版社

　　　　　　　上海故事会文化传媒有限公司

POD 海外发行：中国图书进出口上海公司

　　　　　　　电话：021-36357888

　　　　　　　传真：021-36357896

　　　　　　　地址：上海市虹口区广中路 88 号

　　　　　　　邮编：200083

海外 POD 发行版本

上海故事会文化传媒有限公司 出品 (00246) www.storychina.cn

STORIES

目　　录

网文精粹

人 来 人 网

林子大了,什么样的鸟都有。在这无限的网络世界里,自然也会上演那百态人生的故事。

聊天惹的祸

　　当父母的,烦事儿再多,也烦不过管教不住自己的孩子呀。李萌这阵就是这么在烦着,他那个上初三的儿子,眼看就要中考了,还整天守着电脑跟网友聊啊聊的聊个没完。看着儿子布满血丝的眼睛,听着凌晨时候儿子房间里还在响着的"滴滴答答"敲击键盘的声音,李萌心里就甭提有多烦了。唉,养不教,是他父之过呀!

　　李萌想好好管管儿子,可怎么管? 把电脑卖掉吧,舍不得;把电脑线掐了吧,反而会把儿子赶到外面网吧去,那样更不安全;至于把儿子打骂一顿,那就更没用了,有《青少年保护法》护着他呢,自己就是做父亲的,也不能乱来。

　　怎么办呢？总得想个办法呀！

　　你别说,在想白了三千根头发之后,还真让李萌给想出了个主意:跟儿子在网上聊的不就是那一伙网友吗？把他们一个个删掉不就得了？李萌觉得要做就做彻底,不光是删掉,还得把他们臭骂一顿,这样,他们就不敢再找我儿子了。

　　说干就干,李萌于是马上打开电脑,进入聊天室,先是"噼噼啪啪"敲击键盘,将儿子的那几个网友臭骂一顿,然后就驱猫赶鼠般的将他们一阵狂删,那感觉真是太爽了,连平时想都不敢想的脏话都用上去了。李萌心想:反正我用儿子的聊天号码,就让他们以为是儿子在骂他们吧。哼,要怨也怨他们自己,谁让他们带坏了我的儿子？

　　删到后来,李萌看到有个好友的名字叫"宝贝儿",资料显示,她是个二十岁的女大学生。李萌没料到儿子还会和大学生聊天,可决定也将她照删不误,学生就是读书,其他都得让步。

　　李萌先把这个"宝贝儿"臭骂一顿,然后就来了个"去你妈的",打算结束。没想这时候,"宝贝儿"的回复过来了:"你怎么骂人,有什么烦心事吗？"

　　李萌立刻敲击键盘,打过去一行字:"关你屁事！"

　　"宝贝儿"回答:"怎么不关我事？我是你朋友啊！"

　　这一来,李萌就觉得自己不好意思再说粗话了,而且对方这"朋友"两个字,让他心里不知怎么竟突然涌起一股暖意,接下去,他竟鬼使神差地同这个"宝贝儿"聊了起来。"宝贝儿"热情地安慰和鼓励李萌,而李萌也情不自禁地欣赏和夸奖起这个"宝贝儿"来,到最后,双方还真有点相见恨晚的感觉。

　　李萌突然体会到了上网聊天的惬意:尽管见不到面,却更能袒露心扉。不过他一看表,儿子快回来了,于是就赶快和"宝贝儿"约好第二天再聊,随后就下了线。

　　这样,一个难题就摆在了李萌的面前:剩下的"好友"还要不要彻底删掉？只留下"宝贝儿"是不是有点"那个"？想来想去，李萌决定先删到这里为止了，此时的他，竟把让儿子"改邪归正"的重大使命给忘了个一干二净。

第二天，趁儿子还没有放学，李萌到家后就开电脑上网去和"宝贝儿"见面，对方果然如约而至。这次，双方天南海北地聊了很长时间，侃人生、谈自己……说实话，李萌在和"宝贝儿"聊天时，总感觉对方有一种超出年龄的成熟，自己像是在跟一个同龄人谈心，因为这个"宝贝儿"很能了解李萌心中的苦恼、寂寞和压力。曾有一刹那，李萌心里涌上一种冲动：如果早二十年，说不定我会和她……李萌不敢再往下想了。

很快，儿子好像对李萌背着他的这些举动有所察觉，李萌觉得儿子有时候看他的眼光好像有点怪怪的。不久，就连妻子也对李萌有了闲话，说他家务活懒得做了。说真的，李萌的妻子现在真的老多了，双鬓已微微发白，皱纹明显增多，背也有些驼了。妻子是为了这个家才累成这样的，所以李萌常常觉得自己近来有些对不住她，可问题是，只要上网和那个"宝贝儿"一聊，李萌就把什么都忘了。

随着和"宝贝儿"交往的时间越长，李萌就越感到离不开她了。有一天，李萌终于忍不住用甜言蜜语对她发起了爱的攻势，用的那些词儿，就连当初和妻子谈恋爱时也说不出口。最后，李萌约"宝贝儿"第二天晚上在"情人咖啡屋"见面，"宝贝儿"毫不犹豫就答应了。这一刻，李萌觉得自己简直就是世界上最幸福的人。

第二天晚上，李萌向妻子撒了个谎，说老同学请他吃饭，这还是他结婚以来头一次，妻子不但没有怀疑，还叮嘱李萌少喝点酒。

这时候，李萌的儿子走了过来，对李萌说："爸爸，留下来吧，妈妈会做好多好吃的，都是你平时最爱吃的菜。"

可是李萌这时已经昏了头，哪里会注意到儿子说这番话时，那湿润的眼睛和微微颤抖的声音，他冲着母子俩说了句："不行，我一定要去。"就夺门而出。

情人咖啡屋专为情人而设,柔和的灯光,浪漫的乐曲,让情侣们流连忘返。看着周围亲昵的对对人影儿,想着一会儿自己就会成为他们当中的一员,李萌心里就跟喝了蜜似的。

就在这时,一个四十岁左右的男子走到李萌面前,问道:"你就是'一见钟情'吧?"

"一见钟情"是李萌儿子的网名,也是李萌和"宝贝儿"聊天时用的名字。李萌说:"是呀,我就是。"

那男子一听李萌说"是",立刻"啪"一拍桌子骂了声"你这个大色狼"。原来,这个男子就是"宝贝儿"的父亲,一直在跟李萌聊天的,其实就是他。"宝贝儿"其实是个只有十二岁的小姑娘,才上小学五年级,却酷爱网上聊天,父亲怕女儿结识坏人,就暗中以女儿的网名上网,想借机考察一下女儿的交友对象,没想就发现了李萌这只"大色狼"。此刻,他瞪着铜铃般的眼睛,手指直戳李萌的额头:"我警告你,你要是敢再来骚扰我女儿,我就废了你!"

咖啡屋里的客人们听"宝贝儿"父亲把事情一说,都用鄙夷的眼光盯着李萌,几乎就是在大家的口水声中,李萌逃出了咖啡屋。一路上,李萌心里真是郁闷,他做梦也没有想到,约会竟约出了如此结果,美梦被无情地粉碎了,他只好垂头丧气地回家。

推开家门,李萌见儿子一个人正在屋里偷偷地哭,一看见李萌回来,竟泣不成声地扑上来,一把抱住他说:"爸爸,我看到聊天记录了,我听你的话,以后再也不玩电脑了,再也不聊天了,我一定好好读书,你别扔下我和妈妈……"

李萌一听,顿时惊呆了。他紧张地问儿子:"你看到我和'宝贝儿'的聊天记录了?"他把嘴凑到儿子耳边,小声问他,"这事儿,你妈不知道吧?"

(井伟平)

(**题图**:黄全昌)

网吧里的中年女人

朱军是个游戏迷,每天一放学就直奔网吧,不玩个尽兴不会回家。

这段时间,网吧里最流行的游戏是"帝国天攻",这是一款联网的战争游戏,输的人扣分降级直至死亡出局,赢的则可以晋级加分,玩起来特别刺激。朱军完全被它迷住了,不只是他,网吧里一大半人都在玩这个游戏。

而最让人叫绝的是,有个四十来岁的中年妇女竟也迷上了它。

网吧老板叫这女人张姨,张姨开始根本不懂怎么玩这个游戏,她先是坐在别人旁边一声不吭地看,然后渐渐手痒起来,就开始自己上机,但她那水平实在臭,每次入局不久就被击毙,有一次好不容易升到少尉,却在一局里被连杀四次,连下士也没得做就直接出局,让朱军笑痛肚子。

朱军自己基本能在中将的位子上稳住,这个网吧里他可以说是玩得最好的,所以后来张姨总是看朱军怎么玩。朱军觉得就算张姨能在他这里偷学去个一招半式,也不会对他构成什么威胁,所以也不在乎张姨在旁边看他。可出乎朱军意料的是,这个张姨十分勤奋,看了一个多星期,加上自己不断练兵之后,水平大有提高,后来竟还会用朱军的招术反过来对付朱军,这让朱军很哭笑不得。

渐渐的,张姨竟成了朱军不容忽视的对手。张姨的网名叫"佘太君",在游戏时,这个"佘太君"显示出了一种运筹帷幄的军事家风范,让朱军不由对她心生敬畏。

这天,张姨突然对朱军说:"我们来对打一局,怎么样?"

朱军没弄清她什么意思,说:"我们不是天天都在对打吗?你可从来都不是我的盟友。"原来,"帝国天攻"这款游戏可以单独领军作战,也可以和朋友组成盟军。

张姨笑着说:"我的意思是不要盟友帮忙,就是单对单,看到底是我'佘太君'取胜,还是你'张飞'能赢。我们在网上公开宣战,这样可以让所有人都看到最后的结果。"张姨这一手,真是半点不给自己留情面。

朱军当即就表示应战。

消息一在网上公布,立即引起了很大的反响,一个叫"鬼影子"的网民还自告奋勇要来给他们做裁判。

这"鬼影子"是个网络游戏奇才,所有的游戏都是他玩得最好,"帝国天攻"这款游戏他已经稳坐"天王"宝座达两个月之久了,没有人能超越他。"鬼影子"要来做裁判,朱军不禁又惊又喜。

可没想张姨却叫板"鬼影子"说:"你好大的口气哎,你很了不起吗？我赢了他，就来向你挑战，你敢应战吗？"

朱军一看张姨这么说，忍不住掀掀鼻子道："你知不知道'鬼影子'是谁？"

张姨不以为然地摇头："不知道。"

正好这时候，"鬼影子"回话过来了："哈哈哈，勇气可嘉，'张飞'可是猛将啊，只要你能赢了他，我一定应战。"

朱军觉得自己能被"鬼影子"夸为猛将，脸上很是得意，便对张姨说："来吧，'佘太君'，你先赢了我再发狂不迟。"朱军自信自己赢张姨应该不在话下，哪有师傅打不过徒弟的道理？

果然，两人对上阵以后，朱军一路狂攻，张姨节节退守，最后一直退到了"绝龙岭"。这绝龙岭可大有奥妙，乍看是条死路，身后就是悬崖峭壁，要么战死，要么投降，此时"佘太君"面前似乎只有一条路可走。但这只是表象，绝龙岭上其实还有一条小路可以绕到岭后，如果"张飞"不顾一切地只是在前面猛冲，"佘太君"只要设法绕到他身后，截断他的退路和补给线，那输的就是"张飞"了。

要知道，走小路绕到岭后这一招，就是朱军当时教张姨的，此时朱军自己又如何会不知道？朱军心中偷笑："你死定了！"他装作全无提防，狂攻而入，却将大部分兵力和重装备部署在小路的路口，静等"佘太君"来偷袭。

果然不出他所料，没一会儿，"佘太君"的偷袭部队就到了这里，朱军大叫一声："你死定了！"旋即就挥师杀出。可是一通猛杀之后，他突然发觉不对，因为实际上他并没有截杀到对方多少兵力。他纳闷了：张姨的大部队呢？

朱军正在犯迷糊，张姨却突然从背后杀了出来。原来张姨料到他会在小路上设伏，就以小股部队从小路绕出做诱饵，大部队反从绝龙岭正面冲出，打了朱军个措手不及。

这下朱军惨了，兵力死伤惨重，输得一败涂地，他气得指着张姨直嚷嚷："你耍奸！"

张姨哈哈笑道:"兵不厌诈,你或许还不知道它的意思,今天我就免费教教你。"

这时,"鬼影子"放话过来了:"看不出,'佘太君'还真有两刷子!那好,我应战来啦!"

朱军幸灾乐祸地斜眼看着张姨,冷笑道:"我看你最好不要应战,否则你会死得很难看。"

张姨不理睬朱军,给"鬼影子"回话:"你是讥讽我还是教训我?敢不敢和我赌点东西?"

"鬼影子"说:"好极了,赌就赌!你想赌什么?输家请赢家玩三个月游戏,怎么样?"

张姨嘴一撇:"没新意。我有个提议,赢家可以向输家提一个要求,不论这要求是什么,输家都得答应。你敢不敢赌这个?"

旁边朱军忍不住鼻子里"哼"了一声:"简直是自己找死!"

可是"鬼影子"却非常痛快地就答应了:"好,一言为定。"

对阵开始!张姨斩了朱军的中将后已升为上将,但与"鬼影子"的天王级比,她的装备和兵力都要差一截。然而最主要的是,张姨玩游戏的水平与"鬼影子"根本不是一个档次,张姨也似乎意识到了自己的弱点,于是就采取死守的办法。这样一来,"鬼影子"的许多花招都用不上,一开始兵力也损失不少。

不过天王到底是天王,"鬼影子"很快就改变了战法,将兵力集中使用,硬是把张姨的城池一座一座攻了下来。当最后还剩下两座城的时候,张姨意识到不妙,拼命想反击,但已经于事无补,"鬼影子"胜局已定。

可是"鬼影子"还想赢得更漂亮一点,他想把先前损失了的兵力夺回来,于是就选择了"回师营救"。而他的人马一回师,张姨立刻就跑,"鬼影子"如何肯放过她?于是就在后面紧追不舍,一直追到黑森林边上。

眼看着"鬼影子"就要追上了,突然从黑森林里拥出大批人马,这让在旁观战的朱军大吃一惊。原来,张姨早已悄悄将她的主力集中在了黑森林里,"鬼影子"此刻追上来的只有骑兵,步兵和重装备都还在后面,兵力只及张姨的一半,于是战况立刻"一边倒","鬼影子"的骑兵立刻被全歼,而落在后面的步兵由于无险可守也被击溃——"鬼影子"输了个惨败。

网上顿时一片安静,包括朱军在内,所有人都难以相信这个结局。

倒是"鬼影子"大度地打话过来了:"'佘太君',我认输,你可以提要求了。不过,我很想知道,你到底是谁?"

张姨也爽快,立刻就报出自己所在网吧的名字:"你是不是过来,咱们见一面?"

朱军早已久闻"鬼影子"大名,却一直"不识庐山真面目",于是迫不及待地就去网吧门口,好奇地等着。

不多久,只见一个少年急奔而来,朱军一看,惊叫起来:"陈力,原来'鬼影子'是你啊?"

为什么朱军一见陈力就猜出他是"鬼影子"了呢?因为陈力太出名了,他是朱军的同学,曾创造了逃学一个星期泡在网吧里的纪录,吃在里面,睡在里面,直到他妈妈和老师找到他之前,就没出过网吧门一步。如此沉迷其中,日夜操练,水平怎会不高?

陈力看着朱军,问:"打败我的人是你?"

张姨不知什么时候突然出现在了朱军身后,应道:"是我。"

陈力一看,一声惊呼:"妈?"

"什么,她是你妈?"朱军惊呆了:妈妈竟在网上向儿子挑战?这未免太不可思议了。

张姨却朝陈力摇摇头,说:"我现在不是你妈,我是战胜你的'佘太君'。男子汉大丈夫,输了怎么说?"

陈力愣了愣,轻声说:"当然愿赌服输,你提要求吧。"

"那好!"张姨说,"我的要求只有一个:你每天玩游戏的时间,不能超过一个小时,而且从今以后绝不可以逃学。你答不答应? 你自己想好了,要么干脆不答应,答应了就不能后悔,免得到时让大家笑话你。"

这时,周围已经陆续围上来一群看热闹的人,陈力想了想,垂下头,说:"我答应。"

"那你现在就跟我回家。"张姨拉起陈力的手。

看着这对母子走在回家路上的背影,有人不禁感慨:"唉,做妈的竟然要用这种法子来逼儿子回家,真是……"

站在边上的朱军听了心中一跳,眼前突然跳出自己妈妈的身影,他猛跳起来:"我回家了,我要赶紧回家了!"

这以后,朱军和陈力每天玩游戏的时间,果真再没超过一个小时。

(刘建良)

(题图:魏忠善)

网上魔鬼

　　阿如读高一那年,迷上了上网聊天。

　　当初阿如考上重点高中的时候,别提有多高兴了,可没过多久,她就发现自己一点都不喜欢那个新环境,每天除了读书还是读书,没有课外活动,也没有知心朋友,倒是上网进入聊天室之后,可以随心所欲地想说什么就说什么。

　　阿如给自己起了个网名,叫"清纯小妹"。在网友面前,她再不是那个埋头读书的好学生了,她和不同的人说不同的话,没人知道她是谁。

　　也就是在那段时间,阿如认识了一个叫"魔鬼"的网友。

　　"魔鬼"第一次点阿如名字的时候,说:"'魔鬼'来找你了,哈哈,你好啊!"

"清纯小妹"立刻回应:"好怕!"还调皮地在感叹号后面加了个表示害怕的图标,是一个小孩往后躲的样子。

"怕?怕就别和我玩了。""魔鬼"的打字速度很快。

"偏要和你玩,你还能吃了我?"阿如知道,网上叫什么名字的都有,名字和人是两回事儿。

两人就这么你一言、我一语地聊了起来。

接下来的一个星期,他们几乎每天晚上都要在聊天室里聊上一个小时,尽管互相都没有问对方的真实身份,可阿如渐渐发现,这个"魔鬼"比生活在她身边的人还要了解她的心思,每次阿如只说了几句话,他就知道阿如这天的心情是好还是不好。每次下线时,他们从不约下次碰面的时间,可两个人却又像商量过了似的,总是在第一次碰到的那个时间里同时在聊天室里出现。

时间长了,阿如不由对"魔鬼"产生了好奇:这到底是一个什么样的人呢?

这天晚上,阿如忍不住对"魔鬼"说:"我想和你见面,可以吗?"

"魔鬼"平时回应很快,可这次却停了好一会儿,才说:"你刚读高中?"

阿如愣住了:"厉害,你的观察力好强啊!我读高一,你呢?"

"魔鬼"说:"中学生不好好读书,整天泡在聊天室里,肯定耽误功课了吧?"

"你管不着,"阿如嘴上硬,心里却很虚,前几天测验,她成绩落了不少。

"魔鬼"又说:"觉得自己特孤单是吧?觉得在网上特自由是吧?能跟我说说你的心愿吗?"

"你是一位大哥哥吧?心愿我有呀!我想要自由自在地生活,想有一个人能够理解我。"不知为什么,阿如很愿意和这个"魔鬼"说说心里话。

"哈哈,让你给看出来了,我是在清华读书的大哥哥,我也刚刚考上大学,要是你三年后来清华,我们还能见面呢! 这里很自由,也能交到知心朋友。"

"上清华? 我想都不敢想。"

"你很聪明,肯定行的。我也很想和你见面,少聊天,多读书,我们约定在清华见,好吗?"

阿如坐在电脑前. 突然觉得自己不再孤独了:"魔鬼"说得对,不是精彩的世界拒绝了自己,而是自己把自己给困住了。

这时候,"魔鬼"又打过来一行字:"想见你,但只想在清华见你。"说完这句话后,"魔鬼"就消失了,从此再也没有在聊天室里出现。

阿如明白,这是"魔鬼"给自己的激励,她决定以后不再聊天了,她要去完成那个美丽的约定。

但阿如并不知道,此时其实有很多像她这样的女孩都爱上了这个"魔鬼","魔鬼"专找阿如这样的"清纯小妹"聊天,每次都说同样的话。

三年以后,阿如真的考上了清华大学计算机系。到学校报到后,她第一件事就是寻找"魔鬼",可想了好多办法,就是没有结果。难道"魔鬼"真的彻底消失了?

直到读研究生以后,有一天,阿如无意中在聊天室里发现有个网名"魔鬼"的人在和一个叫"忧郁小妹"的聊天,虽然网上叫"魔鬼"的人很多,但他们之间的对话,竟像极了多年前那个"魔鬼"和自己的对话。阿如立刻解密他的账号,查到他的地址,"魔鬼"竟然就住在附近一个小县城里。阿如心里真是又惊又奇,她决定去看一看。

在小县城一个破旧的小院里,阿如找到了地址上的门牌号。只见房门开着,从门口望进去,有一个女孩正背对着门坐在轮椅上,她面前的桌上,摆着一台旧电脑。

阿如站在门口,试探着问:"请问,有个网名叫'魔鬼'的人,是住在这儿的吗?"

那女孩听到声音回过头来,神情显得非常平静,笑着回答说:"这儿没有'魔鬼'。"

阿如不由抬头又看了一下门牌号:没错呀?便直截了当地说:"我就是'清纯小妹',我今天是特地从清华大学赶来看他的,七年前,我们有过一个美好的约定……"

女孩一听,沉默了一阵,说:"'清纯小妹',我给你讲个故事吧。从前,有一个女孩,她十六岁上高一那年,不知怎么迷上了网络,在网吧一玩就是一整天,一直玩到深更半夜也不想回家,家里人都管不住她。有一次,她在网吧玩过了头,身上的钱不够付账,网吧老板就把她关进房间,想趁机侮辱她,情急之中她从窗口跳下去,把腿摔坏了。后来因为治病,她花光了家里所有的钱,再也没法继续上学,可尽管如此,她老毛病没改,不知又从哪儿弄来台破电脑,平时在街口摆烟摊,回来依旧上网……"

女孩缓缓地说着,但她还没有说完,阿如就已经恍然大悟:眼前这个坐在轮椅上的女孩,就是当年的那个网上"魔鬼";"魔鬼"后来所做的一切,都是为了让同龄人不再走她的弯路。

(黄彦如)

(题图:箭　中)

网上你我他

　　有个教授爱玩电脑，退休了在家里闲得无聊，于是就别出心裁地在自己制作的个人主页上发起一次"咦哇"智力游戏比赛。

　　教授对他的比赛倡议是这样解释的："咦"代表悬念，"哇"代表惊喜，谁能设计出一个先是设置重重悬念、后又带来阵阵惊喜的最令人意想不到的布局，谁就是优胜者。

　　当天，就有许多人在网上跃跃欲试。

　　一个叫"恐大侠"的人第一个亮相，他在网上发言说："教授先生，我想试试。请您现在就来欣赏一下我的杰作吧！我把您请进我的居室，您能看到居室中央围着一张幕帷。"

　　教授的十个手指在键盘上不停地敲击："你为什么要在居室里布置幕帷？幕帷背后藏着什么秘密？"

"恐大侠"的回答通过网络立刻显示在教授的电脑显示屏上："我喜欢。如果您拉开幕帷，您就会发现，幕帷后面还有一层幕帷。"

"再拉开一层呢？"教授问。

"还有一层。""恐大侠"回答。

"这一层拉开后呢？"教授继续问。

"还有一层。""恐大侠"继续回答。

教授忍不住了："你是不是在搞恶作剧？你这幕帷到底要拉开多少层才算完呢？"

"嘿嘿，"可以想象得出，"恐大侠"在那一头很得意地笑着，"您问多少层它就有多少层。教授先生，我很想知道，当您看到是这样一张拉不完的幕帷，而您又不愿意继续拉下去，那么您会怀着一种什么样的心情离开我的居室呢？"

"我非常沮丧，非常！"教授好像真的很沮丧的样子，重重地在键盘上敲下这一行字。

"嘿嘿！""恐大侠"更得意了，"请慢，教授先生，现在我可以告诉您了，就在您转身要出门的刹那，您会看到，在居室的门后面，也就是在您的眼前，突然出现了一位裸体金发女郎……"

"哇！"教授惊叫起来。

这个"哇"字立刻通过键盘跳进"恐大侠"的眼帘，"恐大侠"得意得很："教授先生，您一定没有想到吧？"

"是的。"教授倒也不避讳，继续敲打着他的键盘，"我确实没有想到。请问，这个女郎是你什么人？难道她会那么听你的话，就这个样子站在我面前？"

"哈哈！""恐大侠"终于忍不住大笑起来，"教授先生，请您别误会，她只是我从时装店临时租来的一个模特模型而已。"

"你这是什么意思？"教授顿时觉得自己受到了"恐大侠"的戏弄，"你设计的这个结局不是惊喜，乃是惊吓，且格调太低。50

分,不及格!"

此分一打出,立刻,第二个响应者登台亮相:"教授先生,我请您光临寒舍,到我家来吧! 当您按响门铃之后,门一开,立刻就会有一大捧鲜艳的玫瑰出现在您眼前。"

"你真是好客!"教授饶有兴趣地问,"那我接过玫瑰之后是什么呢?"

"还是玫瑰。"对方回答。

教授突然想到刚才"恐大侠"对自己的戏弄,于是立刻警告对方说:"你别给我玩弄刚才那套把戏。我想知道的是,除了玫瑰,你还有什么?"

"当然还是玫瑰。"

"这么多的玫瑰,我怎么拿得了呢?"

"请教授先生别着急,"对方说,"当您拿到第四束玫瑰之后,您低头看看,会发现自己手中拿的,其实并不是玫瑰。"

"那是什么?"

"青蛇,四条面目可怖的青蛇。"

"哇!"教授的两只手立刻下意识地跳离了键盘,好像那四条青蛇真就爬在了他手上似的。好一阵子,教授才回过神来,继续敲打键盘说,"请问你这位参赛者,你是从事什么职业的? 你怎么可以设计这么残忍的布局呀?"

"教授先生,请您原谅我的莽撞,我是一位魔术师,其实不过是给您开个玩笑而已。您别紧张,那只是几条玩具蛇啊!"

教授这才长舒了口气,说:"太恐怖了,没想到我发起的游戏比赛,结果倒把我自己搞得如此魂飞魄散。我想问你一句,难道你没有温情一点的设计吗?"

对方还没来得及回答,第三个人忍不住跳了出来:"教授先生,我请您不是到我家,而是回您自己的家。您刚到家,就会发现客厅餐桌上赫然摆放着一桌丰盛的酒席。"

"什么意思?"教授摇摇头,"我这个孤老头子家里可没有什么值得喜庆的事情呀,我儿女都在国外,老伴过世一年多了,我还有什么要办酒席的事? 没有!"

"您老先别急。"第三个参赛者说,"这时候,您见您家保姆腼腆羞涩地对您说:'教授,恭喜您了。'"

教授急了:"我的学术论文还被领导压在箱子底,有何喜可贺的?"因为对方设计的布局是让教授回自己家,所以教授不由自主地就进入了角色。

对方继续对教授道:"您家保姆对您说:'我肚子里有您的孩子了,我一个乡下女孩,您可不能耍赖甩了我啊! 我不嫌您老,我愿意真心实意伺候您一辈子。'您说:'可你才二十来岁,我已经六十多了,就咱俩的年龄,也太悬殊了吧?'您家保姆于是就生气了:'年龄不是问题,您不要忘了,您那远在澳洲的洋女婿,还要比您大两岁哩!'"

对方的设计不断形成文字在教授的电脑显示屏上跳出来,这个家伙不但把故事编到了教授头上,而且居然还编得如此荒唐,教授实在忍不住了。

教授重重地在键盘上敲击:"可耻! 造谣! 污蔑!"可他再一想:自己本来就是闲得无聊,才想起来玩这样的游戏,而且网络本来就是一个虚拟的世界,自己何必为此大动肝火呢?

平下心来,教授于是就对对方说:"对不起,我刚才太激动了。请问,你到底是谁? 你怎么会设计出这样的布局来呢?"

仅仅几秒钟的工夫,教授的眼前就跳出这样一行字来:"我就是您家的保姆阿碧。"

这回,每一个字无异于重锤,重重地敲在教授的胸口……

（陈立军）

（**题图:**张　恢）

流水的键盘

　　大刘从电池厂下岗后,一直琢磨着想搞个投资小、见效快的项目,儿子眼看要高考了,不准备点钱不行。

　　大刘有个朋友叫王大忠,在旧货市场做生意,有次喝闲酒的时候,听大刘说起这心事,便给他出主意说:"哥们,干脆你弄几台旧电脑,开个网吧得了。"

　　大刘一听直摇头:"不行不行,我电池厂待了几十年,只懂电池,哪懂电脑那玩意儿?再说,开网吧赚的都是学生的钱,影响他们学习。"

　　王大忠劝大刘说:"咳,你呀,想赚钱就得胆子大!开网吧又不是搞啥高科技研究,只要懂得基本操作就成。至于学生来上网,你不开网吧他们就不上了?到别处去上,还不是一样?我能帮你搞到便宜的二手电脑,你家边上又有两个学校,正所谓'天时地利'都有了,开个网吧准赚钱。"

被王大忠这么一鼓动,大刘不由动了心,回家将这事儿一说,老婆虽有些犹豫,可想想眼下也找不到别的赚钱办法,所以还是点了头。不过夫妻俩说好了,无论如何绝不能让儿子碰这些电脑。没想这话让儿子听到了,一个劲儿地在边上做鬼脸:"就你们那些二手市场上鼓捣来的破电脑,给我碰我也不要碰,一准老死机。"

听儿子这么一说,夫妻俩的心总算放了下来。一个星期以后,大刘就从王大忠那儿买来了十台二手电脑,虽说样子有些旧,甚至键盘上的字母都有点模糊,但价格确实便宜,夫妻俩的网吧很快就开张了。

果然,网吧生意十分红火,周围学校的学生放学后纷纷跑来上网,有时侯甚至还不吃不喝地在里面玩上十几个钟头。老婆看着这些学生没日没夜地玩游戏,真有些不忍心,可要是不让他们来,网吧到哪里去赚钱呢?一想到儿子上大学的费用,也只能这样了。

可时间不长,就像儿子说的,这些电脑到底是从二手市场买来的旧货,质量的确不行,大刘一直担心的质量问题,终于暴露出来了。

这天清晨,上通宵网的学生都走了之后,老婆开始打扫卫生。忽然,她对睡得迷迷糊糊的大刘喊:"大刘,快过来看看,这电脑键盘上咋流水了呢?"

大刘一骨碌爬起来,冲到电脑跟前一看,可不是嘛,键盘的缝隙里流着一种无色透明的液体,用手一蘸,黏黏的,用鼻子一嗅,有股淡淡的酸味。完了,肯定是因为这键盘用得时间太久,已经严重老化,键盘内部的成分发生了化学反应,才会这个样子。大刘在电池厂干了几十年,对于电池过期老化而产生液体渗出现象十分熟悉。

老婆着急地对大刘说:"快想想办法,这电脑是你那个姓王的朋友给买的,你找他去。"

大刘说:"我这就给他打电话,让他过来看看,再怎么二手货,也不至于只能用这么点时间吧? 对了,键盘里流出来的那玩意儿,你可千万别擦了,让他也看看。"

王大忠是个爽快人,接到大刘的电话立刻就赶过来了,这里一看,那里一摸,又打开这台电脑测试了一番,琢磨半天,皱着眉头对大刘说:"真是奇怪,电脑开机和运行都很正常,键盘输入也没问题,好端端的,怎么会有这玩意儿流出来? 我现在也说不出个道道,要不,让我回头查查资料再说?"

大刘老婆站在边上一听,着急地对王大忠说:"你可得赶快帮我们修好,办个网吧不容易,我们可经不起折腾哪!"

王大忠自然连连点头,可谁想他就此一去几天就没了下文。眼看着这台电脑搁那儿不能用,这不等于是让钱白白流走吗? 大刘急得一天给王大忠打好几个电话催问。

可严重的是,这台电脑毛病还没找到,这天,大刘发现另外三台电脑的键盘上也开始流出同样的液体来。他再也忍不住了,决定找到王大忠非要让他给个说法不可。

大刘来到王大忠的旧货市场,王大忠对大刘说:"刘哥,我做了这些年生意,键盘上流水的事儿还真没遇见过,这几天我一直在查资料,还问了不少人,都说这事儿怪了,不但从来没碰到过,就是连听也没听到过。本来,我今天下班后想去南郊找秦老板问问,你这十台电脑就是从他网吧里淘汰下来的,要不咱俩现在去跑一趟?"

大刘一听,也好,于是就跟着王大忠去了秦老板的网吧。

秦老板的网吧规模相当大,而且桌上放着的电脑,显示器全是液晶的。

　　大刘和王大忠正四处打量时,一个管理员走过来问:"请问你们是找人,还是上网?"

　　王大忠赶紧说:"我找你们秦老板。"

　　管理员说:"对不起,秦老板上省城办事去了,你们改天再来吧!"

　　王大忠刚想说找秦老板有重要事情,可还没张口,那管理员已经转身走了。

　　王大忠想跟大刘商量改天再来,一转头,却见大刘愣愣地站在那里,忽然将袖子一挽,捏紧拳头就朝管理员冲去:"龟儿子,竟敢糊弄老子……"

　　王大忠一看情势不对,赶紧来拉大刘。他知道大刘的脾气,要么不发火,真要发起火来,那可不得了,管理员瘦瘦弱弱的样子,哪经得起他一拳头呀!

　　可谁知大刘冲上去之后,拳头并没有捅到管理员身上,而是绕过他,冲到一个正在上网的学生跟前。

　　王大忠跟上去一看:嘿!他不正是大刘的儿子么?明明是住校读书的,怎么跑这儿来了?只见大刘的儿子正趴在电脑键盘上呼噜连天,嘴角流出的口水黏黏的、亮亮的,流得键盘上到处都是……

　　这下可算是找到键盘流水的原因了,可大刘却再也高兴不起来了。

(马　强)

(题图:安玉民)

狂风暴雨

嗨,这人一倒霉呀,喝凉水都塞牙缝。

这天晚上,韩一在网上的时候,他那个哥们"狂风"突然发来一个帖,说:"咱们网下见个面吧,你在花园小区门口的花坛边等着,马上!"

说起韩一和"狂风"的关系,只要听听韩一的网名就知道了。什么网名?"暴雨"!他们一个"狂风",一个"暴雨",不约而同起的名,所以彼此都认定自己和对方有缘。更巧的是,韩一家就住在花园小区!

可是韩一一看时间,乖乖,都十一点半了。这么晚"狂风"突然说要见面,肯定是发生什么事了,韩一想问个明白,可是"狂风"已经吹走——他下线了,韩一只好赶紧往屋外走。

　　来到小区门口花坛边，"狂风"还没到，韩一见黑黝黝的没一个人影，就在花坛边坐下来等他。可没想等了还不到十分钟，猛听得一阵叫喊，几个保安不知从哪里突然冲上来，拉住韩一说他是小偷，硬把他带去了办公室。

　　一个脸上长了颗黑痣的保安冷着脸问韩一："说，叫什么名字？"

　　韩一冲口而出："'暴雨'。"

　　"黑痣"火了，"啪"一拍桌子："什么乱七八糟的？老实点！"

　　韩一这才想起此刻不是在网上，赶紧改口："我叫韩一。"

　　黑痣问他："你刚才在花坛边干什么？"

　　韩一气呼呼地说："等人！"莫名其妙地被当作小偷，他心里非常生气。

　　黑痣一听韩一说"等人"，立刻追问："等谁呀？深更半夜的，你可真会选时间。"

　　是啊，深更半夜的，为什么要在花坛那种地方等人？说出来也真难让人相信。唉，韩一在心里狠狠地骂"狂风"：你这个家伙，可把我害惨了！

　　黑痣见韩一不说话，"嘿嘿"冷笑一声，说："你觉得我们应该相信你？"

　　韩一心里的火直往上冲："什么应不应该，这是事实，我就是在等人，我的一个网友叫'狂风'，刚才就是他叫我来这儿等他的。"

　　"哈哈，你还真会编故事！"黑痣两眼逼视着韩一，"事实恐怕是这样的吧——这个小区孙老头的鹦鹉说话一流，还会唱歌，会背唐诗，你知道那只鹦鹉价值不菲，于是就起了贼心。哼，今天的日子你可真是选得不错：孙老头不在家，就剩一个聋儿子，你动手的时候就是再怎么撬出声响来，他也听不到。可你忘了，偏偏隔墙有耳哇，你这么一撬，邻居听见了哪有不报告我们的理儿？看来你一定是夺路而逃，见我们追得急，没处躲了，于是就干脆假装在花坛边等人，蒙我们。是不是这么回事？还装得挺像，你骗鬼去吧！"

一听黑痣这番话，韩一总算明白过来是怎么回事了。黑痣说的那个孙老头，韩一认识，孙老头家的那只鹦鹉，韩一非常喜欢，韩一自己家里就养了三只鹦鹉，但没有一只能与孙老头家的那只比。可韩一为什么要去偷呀？他从来就不是个偷偷摸摸的人。

不过韩一知道，自己此刻有口难辩，他也懒得跟这几个保安解释，于是就从口袋里掏出手机，给他老爸打起了电话，随后，把手机往黑痣跟前一递："我爸找你。"

"你爸是哪根葱？"黑痣鼻子里又"哼"了一声，接过韩一的手机，"喂"了两声。可突然间，黑痣像变了个人似的，客客气气道："哎呀，是局长啊，您……是贵公子……哎哟，您看这事办得……实在抱歉，实在抱歉！"

韩一在旁边看着黑痣这副样子，忍不住要笑出声来。随后，几个保安就全都对韩一点头哈腰起来，黑痣挂了电话，还专程把韩一送回到他家楼门口。

回到家，韩一也顾不上得意了，马上打开电脑找"狂风"，可直到第二天中午，他才把"狂风"找到。"狂风"告诉韩一说，他昨晚来时因为摩托车开得太快，不小心撞在树上，腿受了伤。嗨，原来是这么回事，难怪昨晚没见他人影，韩一于是也就不再多说什么了。

可是过了两天，"狂风"又来约韩一见面了，还是约在小区门口的花坛边，还是夜里十一点半，还说不见不散。韩一觉得很奇怪："哥们，你老深更半夜约我，到底啥事呀？"

"狂风"说："上次没见，这次补回。干吗这么问？怕我黑了你？"

　　啧啧,这家伙,说的什么呀? 韩一心里嘀咕:我一个堂堂公安局长的儿子,还怕你黑了我? 不过说实话,当他来到昏暗的花坛边,坐在那里等"狂风"的时候,心里确实有点发毛。倒不是别的,要再在这种时候这种地方碰到保安,自己说什么呀?

　　韩一正这么想着的时候,背后突然传来一阵嘈杂声,他回过头去看,只见黑痣押着一个十七八岁的瘦小个儿走了过来。

　　黑痣看见韩一,愣了愣,脱口道:"怎么又是你? 有事?"

　　韩一不免有点尴尬,赶紧回答:"没事,等人,等我那个网友。"

　　"哦!"黑痣点点头,"就是那个叫'狂风'的? 也真怪,他干吗老这个时候约你?"

　　这时,黑痣押着的那瘦小个儿突然抬起头来问韩一:"你是'暴雨'? '暴雨'就是你?"

　　韩一简直惊呆了:"你是'狂风'?"

　　"狂风"和"暴雨"彼此都把对方看作哥们,但生活中真正相见,这是第一次。

　　见"狂风"点头,韩一就朝黑痣嚷嚷起来:"你们怎么又乱抓人了?"

　　黑痣说:"他是贼,他就是偷孙老头家鹦鹉的贼。"

　　韩一正想帮"狂风"解释,可他突然发现,"狂风"一直低着头不敢看他。他心里一沉:莫非这哥们真干下了这号子事儿?

　　果然,"狂风"突然呜咽起来,对韩一说:"哥们,我对不起你……我……我其实是想利用你。那个鹦鹉是我偷的,我约你到这儿来,是想……是想,如果被人发现,我逃的时候让你在这儿,追我的人看到你,说不定就会以为是你故意在这儿迷惑他们,至少他们也要停下来问问你,那样我就可以趁机会脱身了。"

　　"狂风"这番话让韩一大吃一惊,他想不到这家伙竟然如此工于心计。

　　黑痣也没料事情竟是这个样子,于是就追问"狂风":"那你说说,为什么要去偷孙老头家的鹦鹉?"

　　"狂风"轻声说:"我想救我父亲。"

　　"救父亲?"黑痣不信,"你偷鹦鹉是为了救父亲?"

　　"狂风"点点头,强忍着泪水,说:"对,我父亲是一个司机,却不知道因为什么事被抓进了公安局。"

　　黑痣脸一板:"这和鹦鹉无关!"

　　"有关系,当然有关系!""狂风"争辩道,"听说公安局长的儿子特别喜欢鹦鹉。"

　　"那又怎么样?"黑痣不由瞥了韩一一眼。

　　这时候,韩一心里也"咯噔"了一下。

　　"狂风"说:"听说孙老头的鹦鹉非常讨人喜欢,我想,如果把它弄到手,当礼物送给局长的儿子,局长一定很高兴。只要局长高兴,说不定我爸就没事了……"

　　韩一做梦也没有想到,这件事最后居然还是和他搭上了关系……唉,这个"狂风"啊!

（江　薛）

（题图:安玉民）

网 情 络 意

都说网络是个虚拟的世界,但只要人人都付出自己的真情实感,就必然能够营造出一个充满爱的空间。

超时空网恋

　　这个故事发生在 2004 年,那年秦关二十二岁,在一家 IT 公司上班,酷爱上网。

　　那天夜深人静的时候,秦关还坐在电脑前敲着键盘,阵阵睡意向他袭来,突然他发现电脑有点不对劲了,好像前面有人在拉它似的,运行速度越来越快,根本不理会他输入的命令,飞快地穿越一个又一个网站,各种杂乱的符号和数字在眼前一闪而过,而最后屏幕居然变成了漆黑一片。这是怎么回事? 秦关惊呆了。

　　就在秦关目瞪口呆的时候,电脑显示屏上出现了一行字:"秦关,你好吗? 我终于找到你了!"

　　秦关猜想是哪个爱开玩笑的家伙在捣鬼,于是立刻回应道:

"你搞什么花样？你是谁？怎么认识我的？"

对方回答："我叫小雪，是我让你的电脑来到了十年之后的2014年。"

"2014年？"秦关愣住了，"你不会说你是未来世界的人吧？少给我开这种无聊的玩笑。"

可是这个小雪却认真地对秦关说："真的，秦关，现在你的电脑真的已经来到了2014年，不信你可以看看你电脑上显示的时间。"

秦关低头一看电脑右下角的时钟显示，大吃一惊：难道这家伙是个电脑黑客？怎么就能随便动我的电脑？他气愤地直敲键盘："简直是无聊！我走了。"

对方见秦关要走，急了："别走别走，请不要走，和我聊几句吧！"

"你到底要干什么？"秦关心里不禁有点好奇，但又很紧张。

对方说："我想请你去见一个女孩，她叫欧阳雪，小雪，就是我。"

秦关觉得很奇怪："2014年距离现在还有十年，我又不会穿越时空，怎么去见你？"

小雪笑了："不是见2014年的我，而是见十年前2004年的我，那年我十九岁。"

秦关没好气地说："你要我见你做什么？我根本就不认识你，我也不想认识你。"

可是小雪却说："你不认识我，但那时我认识你啊。不仅认识你，那时候，我……我……"

"说呀，怎么吞吞吐吐起来了？"秦关不耐烦地问。

小雪说："好，我说。那时我非常喜欢你，应该说是在暗恋你，直至十年后的今天，我还是无法忘记那一段想你的日子，所以我要你来爱我、关心我、体贴我，就从我十九岁的时候开始，可以吗?"

秦关觉得这事儿简直是荒唐,便说:"那你为什么不直接就爱 2014 年的我,而要退回十年,搞得这么复杂呢?"

小雪没有直接回答,说:"这个以后你自然会知道。秦关,我告诉你,因为时空的原因,你我只有三次在网上相遇的机会,就是这三天每天凌晨的三点到三点半。今天是第一次,不过时间马上要到了,上午十点钟,那个十九岁的我会去大学城培训中心上计算机课,你去看一看好吗? 我会在那儿等你。再见!"

随着小雪最后一个字的出现,这个奇怪的网站在电脑屏幕上消失了,秦关一看时间,正好是三点半。他回头仔细想想,这一整个事儿真是奇了怪了啊:一个十年后的女孩,也不知怎么找到我的,突然要我去爱十年前的她,这不是可以写科幻小说了吗?

吃早饭的时候,秦关一边想着这件怪事,一边浏览着刚刚送来的报纸。当他瞥见报上的彩票开奖公告时,突然灵机一动:那个小雪不是说她是未来的人吗? 那么她肯定能查得到这十年里每一期彩票已经开出的中奖号码。这些号码在十年之后都是过期资料,可对现在的我们来说,都是神秘不可测的,我可以叫她帮我查一查呀! 不止是紧接着的下期,还有下下期,再下下期……如果真能查到,我只要按着这些号码买彩票,不就可以大大发财了吗? 如果查不到,那我不也就可以由此验出这件怪事的真伪来?

哈哈! 想到这里,秦关觉得自己真是聪明。

于是,秦关马上就把全副心思都用在了收集各地的彩票信息上,早把小雪要他上午十点在大学城见面的事丢在了脑后。一直到第二天凌晨三点,这是小雪说的她要和秦关第二次在网上见面的时间,秦关打开电脑,小雪果然已经等在那里了。

一见秦关,小雪就问:"怎么样,看到十九岁的我了吗?"

秦关满不在乎地说："嗨，我昨天太忙了，今天吧。"随后，就急着问她，"你能查到这十年里每一期彩票中奖的号码吗？"

小雪的口气很冷淡："你要那些干什么？"

秦关急不可待地说："你不是说你是未来世界的人吗，你总要拿出点能让我信服的证据来吧？再说了，谁买了彩票不想中大奖呀？"

小雪沉默了一会儿，说："这样吧，今天还是那个时候，你还到那儿去看看那个十九岁的我吧。我呢，去试试能不能找到你要的彩票中奖号码，好吗？"

秦关高兴地说："行啊，我等你的消息。"

当天上午十点，秦关正要去大学城见小雪，不知怎么，他脑子里又跳出一个念头：如果买外国彩票，中了奖钱不是更多了吗？啧啧，怎么就没想到这一点呢？于是他立刻又开始在网上搜索起关于各国彩票的投注电话以及购买事项等等来。他想：反正明天凌晨还可以在网上见小雪，我先把"功课"做好，到时候就可以有的放矢地让小雪帮忙。

第三天凌晨，三点钟的时候，小雪准时来了。

秦关连忙问她："找到那些中奖号码了吗？你快给我，我还要告诉你一些外国的彩票名字，你记下来后赶紧查了告诉我，有几期马上就要开奖了。"

小雪没有回答他，只是问："你见到十九岁的我了吗？"

秦关随口敷衍说："啊，见到了，见到了，你十九岁时真漂亮，我还和你说话了呢！"

小雪兴奋地追着问："那后来呢？"

秦关继续敷衍说："后来……后来我们就去逛街了呀，我还和你去舞厅跳舞。"

谁想秦关刚敲下这句话发过去，小雪那头忽然没了声息。秦关急了，彩票中奖的号码还没有拿到手呢？他赶紧敲击键盘：

"你怎么不说话?"

小雪挺生气:"你在撒谎!我从小就得了小儿麻痹症,坐着轮椅,怎么能和你逛街跳舞?你根本没去见我!你在骗我!"

一连串的惊叹号,让秦关不明白小雪为什么这么激动。秦关说:"见个面又不是什么大事。我是这样想的——等我们有了钱,我们的爱情才有经济基础呀。"

小雪却不原谅他:"钱对你真有那么重要吗?为了钱,你甚至都不愿意去见一下深爱着你的女孩吗?那时的她是那么孤独,没有一个朋友……对不起,秦关,你不是我要爱的人,我再也不想见到你了!"随着小雪这句话的出现,网站消失了。

秦关一看,着急地大叫起来:"小雪,喂!喂!喂!"可是无论他怎么敲击键盘,怎么耐心等待,都没用,那个网页再也没有出现。

这一天,秦关是在焦急和惋惜中度过的,他拼命想找那个网页,但一直链接不上,直到又一个凌晨三点到来,它才在屏幕上显现,而且小雪并没有出现,只有她留下的一封信:

秦关:

你好!或许我们真的是有缘无分?

还是少女的时候,我曾经是那样地孤独和自卑。我那么喜欢你,但你一直没有注意到我,让我很失望。十年后的今天,我借助先进的网络技术穿越时空来见你,希望你能认识我,给我体贴,给我爱,可是我再一次失望了,你只在意金钱,你的眼睛还是无法落在我身上。

其实十年后的我,早已不是当年的那个我了,我的腿疾早已治好,我开发了"超越时空软件",个人资产超过五十亿。这是什么概念?哈哈,相当于你买的彩票中一千次五百万大奖。

但是,钱多有什么用呢?没办法用金钱改变的东西实在太多了,包括一个人痛苦的记忆。不是吗?

秦关,请记住,十年后不要再向一个叫欧阳雪的人求婚,她不想你被她拒绝两次。毕竟,你是她曾经喜欢过的人。

小雪

秦关看得脸都白了,抱着电脑大喊:"不要! 不要!"可是此刻,就连小雪这封信也渐渐地在屏幕上消失了⋯⋯

秦关浑身颤抖起来,仿佛身上被什么束缚了一般,拼命挣扎。好不容易,他才喘过一口气来,睁开眼睛一看,自己正趴在电脑桌上,而电脑早死机了——原来刚才所有的一切,只是自己做的一个梦⋯⋯

秦关不禁松了口气,又懒懒地伸了个腰,再看窗外,这时候,天快要亮了。

在梦里,秦关曾经离幸福那么近,近得好像伸手就可以抓住了似的。也许,梦境真的发生过,至少,还挂在秦关脸上的泪是真的。

你说呢,朋友?

(花 剑)

(题图:杨宏富)

苍天啊,赐个姑娘吧

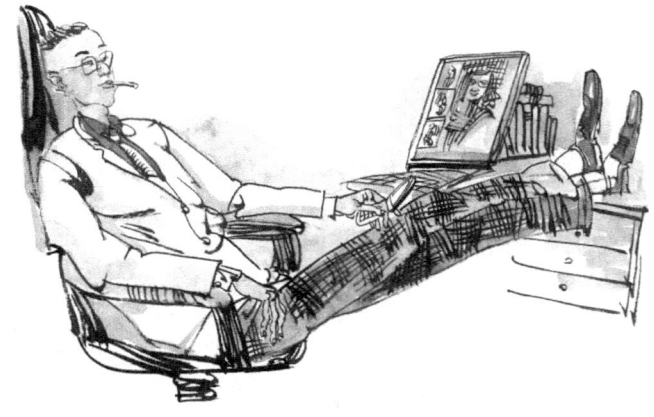

刘伟已经二十六岁了,可婚姻的事还不见眉目。

刘伟有个姑妈,年轻时在单位当过妇女主任,很喜欢做的一件事,就是把本来八竿子打不着的青年男女给撮合在一起,以此为乐,乐此不疲。所以退休后她依然热情不减,最近在网上搞了个"婚姻鹊桥联系中心",做起了老本行。

这天,姑妈把刘伟叫到她那里,打开她的鹊桥联系中心网页,叫刘伟好好看看。

刘伟刚在电脑前坐下,显示屏上就蹦出两句话来:"竹对花,麻对瞎,树叶对泥巴;没有不对的男女,只有不对的媒婆。"刘伟忍不住大笑起来:"姑妈,这是你们网站的广告语? 乡土气息还挺浓的嘛!"

姑妈拍拍刘伟的肩,说:"严肃点,都老大不小的了,婚姻大事还要姑妈来替你操心,看你害臊不害臊?"她指点刘伟打开网站上的一个页面,立刻跳出来四个女孩的照片,"这是我特地给你选的,好好看看,选中一个就抓紧谈。"

"近水楼台先得月",姑妈给刘伟选的都是她鹊桥联系中心的"精品",个个沉鱼落雁、姿色过人,这一刻,刘伟真有一种皇帝选妃的快感。他努力克制住惊喜,对姑妈说:"婚姻大事非同儿戏,既然姑妈这么为侄儿操心,侄儿不如一个一个试试,总得找个最好的吧?"

姑妈一听笑了:"你小子可得给我老实点,不能全沾了。"

刘伟冲姑妈扮了个鬼脸,说:"姑妈,你放心,我哪有那么大能耐?"

姑妈于是就分别给刘伟安排与四个女孩见面的时间,刘伟呢,也把自己精心包装了一番,随后就开始走马灯似的前往。

张女,二十八岁,高级管理人员。

跟张女见面是在香格里拉餐厅,因为张女说她平时根本没有时间谈恋爱,要谈,就得利用吃饭时间进行。

张女好像很喜欢西餐,一口气点了两份牛排,还说:"这东西平时不怎么能吃到。"

刘伟随口就说:"牛排不难做呀,喜欢的话,可以自己在家里做呢!"

张女熟练地挥舞着刀叉,刚要说什么,手机响了,她抱歉地朝刘伟点点头,说:"对不起,我接个电话。"

刘伟优雅地向她做了个"请"的手势,张女于是就操着手机发出一连串指令,还时不时地夹着几句英语。

接完电话,张女满脸歉意地对刘伟说:"对不起,这是一个很重要的业务电话,所以……对了,你刚才说什么来着?"

刘伟说："你为什么不自己在家里做牛排呢？很容易做的呀！"

张女吃了一口牛排，刚要回答，谁知她的手机铃声又响了，于是只好又朝刘伟点点头："对不起，我再接个电话。"她一边说，一边就站起身来。

五分钟后，张女回来了，不好意思地给刘伟解释："我们这次谈判真的很重要。对了，你刚才说什么来着？"

刘伟"哦"了一声："没什么……我……我是说，你为什么不自己在家里做牛排呢？"

巧的是，张女刚要回答，她的手机铃声再一次响起，似乎还响得很急，张女抱歉地朝刘伟笑笑："真对不起，我还得去接个电话。"

当张女第四次在刘伟对面坐下来，并问刘伟"说什么来着"时，刘伟沉吟了一下，随后站起身来，勉强朝张女笑笑，说："对不起，我去打个电话。"

在张女惊愕的目光中，刘伟打开手机，一边朝餐馆门外走，一边吼道："什么？对方还是不肯让步？还是坚持两亿美金？好！就两亿！OK，成交！"

汪女，二十三岁，待业。

按照约定，那天晚上刘伟在一家游戏厅里等汪女，足足等了半个小时，汪女才一阵风似的进来。

汪女一拍刘伟肩膀，问道："是你吧，哥们？"

刘伟看了看眼前这个穿着牛仔裤、嚼着口香糖的红发女孩，迟疑了一下，点头道："我就是。"

汪女看起来心情相当好，捅了刘伟一下，说："知道我今天爆了什么吗？"

刘伟没听明白："啊？什么？"

"我靠，传送戒指呀！是我们帮会的人跟沙巴克一帮人呀，开始我们还打不过他们，后来我们又叫了一帮兄弟去砍他们，我杀了两个，爽死了……"

这位汪女说的，都是游戏发烧友的行话，她狂热地沉浸在游戏的打打杀杀中，可刘伟却听得晕头转向。后来，刘伟实在忍无可忍了，便打断她的话说："我还是送你回家吧！"

谁知刘伟刚把汪女送到家门口，汪女忽然叫起来："糟了！"

刘伟忙问："什么事？"

汪女说："我忘了带套啦，那个谁，你带了吗？"

刘伟傻眼了，他怀疑是不是自己听错了，追问道："你说什么？带什么套？"

汪女"噗"地一口把嘴里的口香糖往地上一吐，说："既然你要和我上床，还不知道带什么套？对了，我还没问你呢，你叫什么名字？"

刘伟顿时觉得一阵恶心，他原来觉得既然是自己约了人家，又是晚上了，那就得把人家送回去，也是负责嘛，可没想这汪女居然想到歪路上去了。

李女，二十四岁，著名网络诗人。

李女和刘伟相约在海边见面。

刘伟到那里一看，李女正坐在海边上，远远地就听见她在放声吟诵："愤怒的大海咆哮着没过我的双眼，浓浓的海腥像芥子气一样弥漫在腐朽的城市上空……"

刘伟抬头一看，此刻海上艳阳高照，海面风平浪静，他不由打心里佩服李女超自然的想象力。

李女的眼神里透着一股忧郁，刘伟来到她面前的时候，她好像看见了，又好像没看见，两只眼睛直盯着大海，问刘伟："你会写诗吗？"

刘伟看着她这副样子,心里不禁一冷,不过还是有礼貌地回答说:"打油诗还可以,'天上下雪不下雨,落到地上变成雨,这样下法多麻烦,不如当初就下雨'之类的,但像你这样高深莫测的诗,甭说写了,听都觉得有点困难。"说完,自嘲地"嘿嘿"一笑。

可是李女没有笑,她皱了皱眉,对刘伟说:"请不要用更为浅薄来掩饰你的浅薄。"然后,她凝视着海面,故作深沉状,"我未来的他,应该是一个知识渊博的学者,古今中外无一不知;还至少会四国语言;至于性格,他有时会狂暴,有时会温柔,略带一点神经质;啊,他的眼神有时是温柔的,有时是明亮的,有时是刺眼的;在我孤独时,他会默默地陪伴我,在我高兴时,他会握住我的手,我们以跳跃性的思维和语言来进行彼此的交流……"

李女沉浸在她一往情深的世界里,刘伟实在待不下去了,凑上去在她耳边轻轻说:"小姐,我敢打赌,你要的其实是一台电脑!"

徐女,二十二岁,待业。

和徐女见面,是根据徐女老爸老妈的提议,在徐女家里进行的。

徐女的老爸精明过人,他单独在他家客厅里对刘伟考察了两个小时,时而和蔼可亲,时而语含杀机。但刘伟也不是省油的灯,"兵来将挡,水来土掩",双方于是唇枪舌剑地"拳来脚去",过招怕不下千回。屡屡较量之后,徐女老爸竟连刘伟的爷爷当年长征过草地时穿什么鞋都知道了个一清二楚,而刘伟也对徐女家的情况有了大致上的了解。

最后,徐女老爸叹了口气,对刘伟说:"不是我对你不放心,实在是小女年幼,不得已而为之啊!"

刘伟表示理解:"应该的。不过,二十二岁也不算小了吧?"

徐女老爸没有说话,唤出徐女,刘伟一看,是个头扎小辫、身穿睡衣的女孩,蹦蹦跳跳地出来不说,左手还紧搂着一只大号毛毛熊。

徐女老爸手指刘伟,对徐女说:"见过这位客人。"

徐女乖巧地鞠躬:"叔叔好!"

刘伟正在装作品茶,猛听此话,不由大惊失色,一口茶当场就从嘴里喷了出来。

徐女老爸尴尬地点点头,对女孩说:"你跟这位大哥好好聊聊,我有事出去会儿。"

徐女一听顿时大哭起来:"我要看《蜡笔小新》,我要看《蜡笔小新》,我不聊,就不聊嘛!"

后来徐女老爸送刘伟出门时,居然有些不舍,拍拍刘伟的肩说:"其实,从问你第一个问题起,我就觉得小女不适合你了。不过……"他掏出一张名片递给刘伟,"我公司里还差个公关部经理,有兴趣你可以来试试。"

四次相亲,四次惨败,这是刘伟完全没有想到的。

刘伟沮丧地把这四次约会的情况一五一十向姑妈汇报,可姑妈不信,还责怪刘伟"眼高手低",说他:"你啊你,连这样的姑娘你都看不上,你到底想要哪样的?"

刘伟到底想要哪样的姑娘?

其实挺简单,刘伟想要的姑娘是这样的:健康平凡的,会炒点番茄鸡蛋的,会操作洗衣机的,脸上可能还有点小雀斑的,见到生人会脸红的,知道酱油多少钱一瓶的,在刘伟把大米扛回家时会帮刘伟擦擦汗的……

刘伟这样的要求高不高? 如果真的有这么一个姑娘,那么,苍天啊,刘伟祈求你赐一个给他吧!

（推荐者:江 静）

（题图:安玉民）

似曾相识燕归来

　　叶一是个才华横溢的剧作家,很喜欢上网,网名挺浪漫,叫"朗如风"。

　　这天,下了整整一天雪,直到傍晚时候才停,叶一早早吃过晚饭,就来到城西的夹竹桃林边,等待着即将到来的约会。去年冬天,叶一上网结识了一个十七岁的女网友林燕,网名叫"似曾相识燕归来",两人聊得非常投机,没多久就约定这晚八点在这儿见面,因为这天是林燕十八岁的生日。

　　自从约定见面时间后,叶一就开始紧张了,因为都说网友最好不要见,一见难免落个"见光死"的下场,何况叶一其貌不扬,身高只有一米六。但既然人家说见,叶一心里也痒痒,那就见一面吧。

八点刚到，一个白衣女子果然飘然而至，步履轻盈，身段婀娜。“燕儿！”叶一忍不住惊叫了一声。天哪！这女子真是太漂亮了，就像白雪公主一样，叶一简直看呆了。

白衣女子红着脸，轻声对叶一说：“我是林燕，如果没猜错，你应该就是‘朗如风’吧？”

“是……是啊……我等你很久了。”叶一激动得有些语无伦次。

随着时间的流逝，两人交谈越来越投缘，彼此大有相见恨晚的感觉。尽管天冷得出奇，叶一戴着手套的手指还冻得发麻，但他心中却是爱火熊熊。

不知过了多少时间，林燕说要去上厕所，叶一就站在那儿等她。可是三十分钟过去了，还不见她回来。难道是她看不上我，找个借口不辞而别了？叶一感觉自己就像掉进了冰海，不知不觉中竟然泪流满面，但他不甘心，仍旧在那里痴痴地等着。

真是功夫不负有心人！一个小时后，林燕回来了，看到叶一如此神情，觉得非常奇怪：“‘朗如风’，你……”

叶一再也控制不住自己，猛地扑上去紧紧抱住林燕，就像在冰海中抱住了一根救命的浮木一样，嘴里嗫嚅着：“燕儿，我爱你，刚刚你不在，我就如生离死别一样难受，我再不让你离开我了。”

可林燕还是个小姑娘，什么时候经历过这样热烈的拥抱呢？她本能地挣扎着，大声喊道：“你想干什么？我要回家。”

“回家？”叶一只觉得好像有一大口冰冷的海水灌进心里：果然没猜错，人家根本看不上自己。他突然激动起来，更加疯狂地抱紧了林燕。

此时地上的雪已经结成了一层薄冰，挣扎中林燕脚下一滑，身体失去了平衡，两个人立刻就一起重重地向后倒去。不巧的是，林燕的后脑正好磕在一块坚硬的石头上，殷红的血顿时就流了出来,在雪地上显得特别触目惊心……

林燕死了,可她死不瞑目,眼睛里满是哀怨的泪水。叶一惊呆了,抱着她肝肠寸断,好久才挣扎着从地上爬起来。见面见成了如此结果,叶一心里很害怕,"噔噔噔"地惊退了几步,然后猛转身就狂奔着逃离了这片夹竹桃林。

叶一连夜逃到城乡结合部,在那里临时找了个小旅馆住下,这一晚,他根本就没有睡好。第二天,他先去街上买了张报纸,果然在上面看到一条消息:美少女命丧夹竹桃林,作案者疑为生前网友。旁边还有林燕倒在雪地上的照片,警方初步认为这是一起蓄意谋杀案。天哪,"谋杀"一词深深刺痛了叶一的心。

可叶一再想想:虽然林燕不是自己故意杀死的,但她的死毕竟和自己有关呀。所以他不敢回家,也不敢去自首,怕警方说他是杀人犯。可他又实在不愿离开这个城市,看看周围暂时没什么动静,就继续在旅馆住着。这个良心债究竟要背负到几时,叶一根本无心多想,他对自己说:"过一天是一天吧。"

一个月很快就过去了,对叶一来说,这一个月简直比一年还漫长。他不敢上网,怕警方嗅到线索,更怕自己伤心,只要回想起和林燕在网上聊天相处的那些日子,他真是百感交集。为了麻醉自己,这一个月来,他学会了抽烟。

这天晚上,叶一想起林燕,实在忍不住了,就像做贼一样溜进小旅馆附近一家僻静的网吧。原先"朗如风"的网名是不能再用了,想个什么网名好呢? 叶一点了支烟,一眼瞥见自己映在窗玻璃上的影子,胡子拉碴,头发零乱,嘴里叼着香烟,整个儿就是一个老烟鬼的形象,他灵机一动,于是轻敲键盘,"似曾相识烟鬼来"。正好,和林燕的网名"似曾相识燕归来"谐音。至于其他,诸如年龄、身高等等注册信息,自然全部换成了新的。

注册成功后,叶一就走进了一个叫"结交新朋友"的聊天室,这是当初他和林燕结识的地方。几个推销香烟的人见有新人进来,就过来和叶一聊天,推销他们的走私雪茄,弄得叶一真是哭笑不得,此时,叶一脑子里只有林燕倒在雪地上时那双饱含泪水的眼睛。

就在这时,突然有句话跃入了叶一的视线:"我是一个女孩,我叫'似曾相识燕归来'。你愿意和我聊天吗?"

叶一愣住了,赶紧查看对方注册资料,发现她已经在线两个小时了。这么说,她并不是看到自己"似曾相识烟鬼来"后才改的网名,叶一不由心中一酸,这让他更加怀念林燕。

叶一正这么想着,对方给他打来一行字:"我们一定有缘,否则不会起这么相像的名字。女孩邀请男孩,你的面子太大了!"

叶一颤抖着手,不由自主地回道:"燕儿,你回来了?没有你,我心里真是空如大海。"

对方却笑他:"你这烟鬼,别这么肉麻好不好?初次见面,有点风度嘛!"

可不知为什么,叶一却觉得他和这个"似曾相识燕归来"仿佛一见如故,不知不觉中,他完全把对方当成了林燕的化身。但是林燕毕竟已经走了,所以有时候叶一一想起来就又很伤感。

终于有一天,"似曾相识燕归来"表示要和叶一交换手机号码,并约他晚上八点在钟杨路23号501室见面。

不知怎么,叶一心里隐隐地觉得有些不安:又是约的晚上八点?也不知钟杨路那地方有什么讲究?他想了想,便发短信给对方:女孩子晚上八点钟出来约会,不太安全吧?

可"似曾相识燕归来"却根本无所谓:没关系,我喜欢晚上,今天下了一天雪,晚上准会停。

叶一看到这条短信,不由浑身打了个冷战,立刻想到了和林燕约会的那晚。思索了很久,他给对方回信道:我长得很一般,绝对没有你想象中那么英俊。

可对方依然无所谓:没关系,你的才华加上我的年轻漂亮,不正好是才子佳人组合吗？

对方坚持要见，说实话叶一心里其实也想见，于是吃过晚饭，他就骑上自行车出发了。这天晚上，天上没有星月，地上也没有路灯，钟杨路的两边都是高大的梧桐树，阴森森的，一棵棵树就像一个个沉默不语的魔鬼，叶一只觉得后背升起丝丝凉意。

终于到了钟杨路上，叶一开始寻找23号门牌，没想骑过去一看，23号是一条巷子，巷口有一块牌子，上面写着四个大字：钟杨公墓。叶一吓得差点儿从自行车上跌下来，他掉转车头就要走，这时只听一串手机铃声响，在寂静的夜空显得格外刺耳，叶一颤抖着打开手机，显示屏上清晰地跳出这样一行字：你已经到巷口了，我在林子里等你呢。是"似曾相识燕归来"发给他的。

叶一浑身上下每一根汗毛都竖起来了："什么林子？"

对方回答："夹竹桃林。"

叶一顿时吓得脸煞白，他不想再去约会了，正想往回走，忽然手机铃声又响了，一看，"似曾相识燕归来"刚才的手机号怎么突然全变成了"0"？叶一搞不懂怎么会有这么诡异的号码，他本能地拔腿就想走，但突然发现巷口那扇门这时已经悄无声息地关上了。叶一不知道接下来会发生什么事情，额上冷汗直冒。

他正在愣神的工夫，"似曾相识燕归来"的短信又来了："你今晚不要走啦，陪陪我吧，你再往前走点儿就到了。"

没办法，叶一只好战战兢兢地往前走，看到前面有一个大堂，堂前挂着的牌子上写着：殡仪馆骨灰陈列室。叶一胆战心惊地轻轻一推，门开了，里面没有一个人，只在堂案上点着一支昏黄的蜡烛，燃着几炷香。

叶一努力让自己镇定下来，仔细一看，迎面一个大柜子里分好多层，每层有好多个格子，每个格子里都放着一个骨灰盒。叶一心里一动："似曾相识燕归来"说的那个"501室"，莫非就是放骨灰盒的柜子编号？

　　叶一正在猜测，摇曳的烛光中，一个凄楚而苍凉的女声，真真切切地从这个大柜子第五层第一格里飘了出来："501室，远在天边，近在眼前。'朗如风'，你……让我等得好苦！我……我就是被你害死的网友林燕。呜呜呜……"

　　叶一吓得一屁股跌坐在地上，裤子都尿湿了，他胆战心惊地问："你……你想干吗？你不是林燕，你的声音不对！"叶一一直记得林燕当时和他说话时的声音，分明不是这样的呀？

　　林燕"哼"了一声："人鬼殊途，我在阳间的声音早就消失了……你以为骨灰里发出的声音还能像以前一样好听吗……"

　　叶一愣住了。

　　紧接着是一阵死寂，整个空气都要凝固了，求生的欲望驱使叶一立刻从地上爬起来，转身就向门口跑，可已经迟了，陈列室的门这时也徐徐关上了，叶一拼命拍打大门，手掌都拍出血来了，可大门紧闭着，纹丝不动。

　　只听林燕在他背后冷冷地说："别费心机了，这扇门你是打不开的，你今天很难再活着从这里出去……"转而，她的声音里又带了一丝莫名的温柔，"'朗如风'，你真的爱我吗？"

　　也许是因为叶一意识到此刻要命丧于此，他的胆子反而大了起来，高声道："燕儿，我今天死在你手里也不算冤枉，你掐死我吧，你知道吗，我实在太爱你了，没有你，我真的不知道自己怎么活下去。现在你就出来吧，让我临死之前见你一面。这一个月来，我没有一天不在思念你，到了阴曹地府，我就去找你，我要紧紧地抱住你，不让你走……"

　　"既然你这么爱我，那又为什么要杀我？"林燕的声音突然变得非常愤怒。

　　叶一痛苦地一头跪倒在地上，用额头"咚咚咚"地撞地，泪流满面地说："燕儿，我对不起，是我太冲动了，想到你可能从此离我而去，我就觉得一定要拥有你，因此才抱紧了你。当时地上的雪都结冰了,你脚下一滑,头撞在了石头上……我的燕儿啊……我真的从没想过要杀你……如果你真的要我偿命,你就把我掐死吧……我愿意和你去黄泉作伴啊……燕儿,我不会有半句怨言的……"叶一一边哭一边说,哭得都背过气去,好久才醒转来。

冥冥之中,叶一似乎听到一声长长的叹息:"唉……听到你说这样的话,我真的很感动。你听说过'天上一天,地上一年'吗?同样,人间一天,地府一年,你我阴阳相隔三十多天,我现在已经不是十八岁少女,而是四十多岁的半老之人了,你还愿意亲吻我吗?要知道,你若吻了我,就和我一样,不能再在人世了。"

叶一一听,连声答道:"愿意,我愿意! 我真后悔,当时一时糊涂,不小心让你独赴黄泉……我愿意跟你走。"

谁知叶一这话刚落音,竟从大柜子后面真的飘出一个女人来,叶一一看,她就是林燕。

"燕儿!"叶一惊喜地大喊起来,他这时候根本就没有想到什么鬼不鬼的。

果然,如林燕自己所说,她看上去已经四十多岁了,不过却仍然光彩照人,长相和气质一如以前。林燕款款朝叶一走来,幽幽地对他说:"你闭上眼睛……"

叶一立刻听话地闭上了眼睛,等待林燕这深情一吻。当然,这也是他的索命之吻,因为此吻过后,他就要告别这个世界,去黄泉和林燕做伴了……

可突然,叶一觉得手腕一凉,随着"喀嚓"一声响,他睁开眼睛一看,自己手腕上居然被铐上了一副明晃晃的手铐。几乎是与此同时,骨灰陈列室的灯一下全打开了,照得他眼前直冒金星,身旁不知什么时候突然跳出七八个人,其中一个还穿着警察的制服,他这才意识到,自己中计了!

警察拍拍叶一的肩头,说:"大作家,果然是至情至性之人,愿意为爱而死。给你介绍一下，这位不是林燕，她是林燕的妈妈，林燕很小就没有了爸爸，和她妈妈相依为命……"

叶一一听，惊呆了，再仔细一看，林燕和她妈妈真是像得出奇。叶一顿时悔恨交加，喃喃道："阿姨，对不起……"那声音低得连他自己都听不见。

警察又指指在场的另外几个男子，分别给叶一介绍："这位是电信局的技术员，是他把林燕妈妈的手机号码暂时全部变成了'0'的；这两位是殡仪馆的门卫，是他们悄悄把你身后的门一扇扇给关上的。叶大作家，这么多人搭了舞台，就是等你来上镜的，看来你不但剧本写得好，演技也很逼真。"

警察这番话，叶一越听越糊涂，只觉得脑子里一阵恍惚，他问警察："这么说你们是在演戏？那林燕其实只是个演员，并没有死？"

警察没有直接回答，叹了口气，从501号柜格里拿出骨灰盒，放在叶一面前，沉痛地说："我们也希望是一场戏，可惜林燕不是演员，她真的已经不在人世了……"

警察说到这里，林燕妈妈再也忍不住了，放声痛哭起来。

可是叶一却没有流泪，他的眼泪早就在心里流干了。他轻轻地问警察："你们是从网上查到我的吧？可我所有的注册信息都已经换了新的呀？"

警察说："不错，你是改了注册信息，够谨慎的。当时得知林燕意外身亡时，根据林燕妈妈提供的线索，我们在网上做了一系列调查，特意起了一个'似曾相识燕归来'的网名，登录那个聊天室。你知道，网络有搜索相似网名的功能，我们搜过'朗如风'，没有找到你，但搜索'似曾相识燕归来'的时候，却发现了一个'似曾相识烟鬼来'……尽管林燕不是你故意杀害的，但她的死你有不可推卸的责任啊！"

林燕妈妈泪流满面地递给叶一一封信，这是警察当时在林燕随身带的小包里发现的。

叶一一看,林燕在信上这样写着:

朗如风:

我不是在上厕所,我是在给你信。

出于安全考虑,我从来不和网友见面,你是第一个。

相见之后,我觉得你虽然不算年轻,长得也很平凡,但是平凡中却有令我喜欢的气质,你的才华让我倾倒。你愿意和我相爱吗?

出于女孩子的自尊和腼腆,我不便当面向你表白,只好"鸿雁传书",借这张小小的纸条,表明我的心意。

不管你怎么想,我都愿意把我的真实联系方式告诉你。

我的手机号:……

我的 E-mail:……

我的住址:……

依依惜别,等着你的消息。我先告辞了。

爱你的林燕

"天啊!"看完信,叶一不禁仰天长叹……

(李 滔)

(题图:安玉民)

谁考验谁

　　一个男人和一个女人,在网上认识了一段日子,男人的网名叫"乞丐",女人的网名叫"丑妞"。

　　这天,"乞丐"在网上问"丑妞":"'丑妞',你真的长得很丑吗?"

　　"丑妞"回他说:"我是长得很丑。"还问他,"你也真的很穷吗? 是个乞丐?"

　　"乞丐"说:"是啊,我很穷。"

　　都说网上少真话,上网聊天的人好多都是逆向思维:说自己赛天仙的,说不定是个丑八怪;说自己是大款的,说不定是个穷光蛋。这"丑妞"和"乞丐",要是反过来想,那就有可能是美眉和富翁了。网上的把戏,上网的人应该都知道。

于是，"乞丐"就对"丑妞"说："你看，我俩挺般配的。"

"丑妞"回复："是吗？难道你一点儿也不嫌弃我？"

"乞丐"说："我还怕你嫌弃我呢！我怕你受不了我穷。"

"丑妞"信誓旦旦道："只要你不怕我丑，我就不嫌你穷。"

两人来来回回"穿梭"了三天三夜，直到头发昏、眼发涩，但却意更浓、情更深。最后，两人都感到网聊不过瘾了，恨不能嘴对嘴、心贴心地聊它个十天八夜。

这一天，"乞丐"终于对"丑妞"发出了邀请："我实在憋不住了，咱们网下见见吧！"

"丑妞"一看，回话极快："我不就等着你说这话嘛！憋着你活该。"

"乞丐"于是立刻和"丑妞"约定了见面地点：二七塔东边垃圾中转站旁。

"丑妞"约定了时间："今天午夜十二点，街上没人的时候。"

"乞丐"在想：看你敢不敢去那个地方。

"丑妞"也在想：看你信不信，我丑得怕见人。

到午夜十二点的时候，"乞丐"按时去了那地方，"丑妞"也到了。

"乞丐"喊一声："'丑妞'！"

"丑妞"喊一声："'乞丐'！"

两人你看我、我看你，全都乐了。原来，"丑妞"是一个靓丽女郎，"乞丐"是一位百万富翁！于是两人坐到了一块，死死地拥抱，久久地亲吻。

"乞丐"说："'丑妞'，我以后真就这么喊你。"

"丑妞"也说："'乞丐'，我以后也真就这么喊你。"

"'丑妞'，我爱你！"

"'乞丐'，我也爱你！"

"我爱你爱得要死！"

"我也爱你爱得要命!"

"乞丐"想了想,问:"'丑妞',我该送你什么信物呢?"

"丑妞"想:既然这个"乞丐"是百万富翁,什么贵重东西买不来呀? 可是他真爱我吗? 网上是考验过了,网下呢? 也要考验呀,要把爱情考验得纯真才行。于是就说:"什么样贵重的东西我都不要。"

"乞丐"一听笑了:"那哪成啊,总该有个纪念呀!"

"丑妞"别出心裁地说:"那你就送我一颗你的门牙吧!"

"乞丐"惊呆了:"你……"

"丑妞"瞪眼道:"怎么? 舍不得?"

"乞丐"赶紧摇头:"我是……"

"丑妞"生气了:"你真舍不得?"

"乞丐"急了:"哪能呢,要命我也给你!"

"丑妞"嘴一撅:"我不要你的命,就要你一颗门牙。"

两人于是约定:第二天晚上在月亮湾酒吧再见,到时候乞丐一定要把自己的门牙带来。

到了第二天约定的时候,"乞丐"和"丑妞"都准时来到了酒吧。酒吧里烛影幽幽、情意绵绵,"丑妞"刚坐下,"乞丐"就从口袋里掏出一个金制的礼盒,递给"丑妞"。

"丑妞"打开一看,盒子里果然是一颗门牙,她不禁笑了起来,往"乞丐"怀里一扑,要和"乞丐"接吻。可"乞丐"却轻轻推开她,用手指指自己嘴巴。"丑妞"让"乞丐"张开嘴,一看,一颗门牙真的没有了,留着一个黑洞,"丑妞"顿时泪流滂沱。

正在这时,"乞丐"的手机响了,他拿起来听,手机里传出的声音很大:"老板,生意做砸了,血本无归,要债的围上了门,我们要破产做叫花子了!"

"乞丐"一听,神情骤变,赶紧关上手机。

却不料,"丑妞"早把这几句话听进了耳朵里。"乞丐"呀

"乞丐",这下你真成穷光蛋啦！对不起,本小姐绝不做慈善事业,只好和你拜拜啦！她于是立刻站起来,对"乞丐"说:"对不起,我有点儿急事,先走了。"说完,就头也不回地扭着屁股朝酒吧门口走去。

"经不起考验啊!""乞丐"望着"丑妞"的背影自言自语着,然后张开嘴巴,把贴在门牙处的黑胶布揭掉——嗨,还是一口整齐的牙齿。

他随即打开手机,给手下回话:"你小子的戏,演得不错……"

（**推荐者**：江瑞芳）

（**题图**：安玉民）

他乡异客

　　这是一间只能容得下十个人的视频聊天室,十个常客来自祖国四面八方:北京的老金,叫"金水桥";天津的大李,叫"天津卫";西藏的小王,叫"藏羚羊";新疆的小刘,叫"天山雪莲"……虽说网上是个虚拟世界,但大家都割舍不了彼此间的感情,见面后问声好、道个安,听到的是来自天南地北的祝福,千里之外却又近在咫尺,喜怒哀乐尽收眼底,所以感觉很亲切。

　　这十个人中,每天最早上来的,是一个叫"黄姐"的,最后一个走的也是她。说起这个黄姐,平时很少说话,时间长了大家才慢慢知道,生活中的她早就和丈夫离了婚,儿子跟着丈夫,可能是因为这个原因,她性格非常内向,大家聊什么,她总是在一边静静地听着、看着,就连笑容也总是偶尔才露出那么一点点。

唉,既然这样好静,又何必来聊天室玩呢,大概是害怕孤独吧?

于是,北京的"金水桥"说要给黄姐找个老公,天津的"天津卫"说要黄姐嫁到他们天津去,西藏的"藏羚羊"劝黄姐找个情人,新疆的天山雪莲对黄姐说网恋也很时尚,可黄姐都一一回绝了。

这天大家聊到了旅游的话题,"金水桥"突然冒出一个念头,邀请大家去北京玩。这个倡议得到了大家的热烈响应,可是大家很快发现,黄姐在一边把头深深地埋在胸前,没有吱声。

按说黄姐退休前是个中学教师,又是单人一口,要说出游时间和经济,应该都不会存在什么问题。可她为什么不出声呢?"金水桥"问黄姐是不是去过北京,她摇摇头;"天津卫"问黄姐是不是近来正好有要事缠身,她也摇摇头。大伙儿于是就不再多问她什么了,既然黄姐不说,总有她不说的理由。

可是第二天,大家非常意外地就没在聊天室里再见到黄姐,而且接下来一连几天都没见她露面。这可奇怪了:自打大伙儿聚在一起之后,黄姐没一天不来聊天室的呀!

大概过了七八天,"天津卫"他们八个人都已经各自准备好,要去北京"金水桥"那里玩的时候,黄姐突然在聊天室里出现了,脸上还带着淡淡的笑。大家看到黄姐都很高兴,虽然很想知道她这几天为什么不来聊天室,但怕触到她的什么隐私,所以都尽量把话题往别处聊,而黄姐呢,仍然只是听,一句话也没说。

下线的时候,因为第二天要出发去北京了,大伙儿纷纷和黄姐说"再见",黄姐突然问:"你们……出发的时间都定了?"

"定了,都定了。""天山雪莲"抢着回答。

黄姐说:"我原本不想再来聊天室了,可想想不来就再见不到你们,你们也再见不到我,所以今天还是来了。"

大伙儿一听,都愣住了,谁也不明白黄姐这话是什么意思。

黄姐对大家微微一笑,语速非常缓慢地继续说:"其实,我也很想和大家在北京相聚,我特别想见见生活中的你们……你们知道……知道我这些天为什么没有上来吗?我去医院了。我……问医生,我还能不能活上二十天,还吃了好多镇痛的药……我这么做的目的,就是……就是想争取能去……去北京见见你们……"说到这里,黄姐泣不成声。

聊天室里顿时死一般沉寂,黄姐就是不往下说,大家也能猜出后面的内容:她患了绝症,并且已到了晚期,她即将走到生命的尽头。

此刻,能向黄姐说些什么呢?所有开导和劝慰的话,在这种时候都会显得多余。该为她做些什么呢?是的,应该为她做点什么,可又能为她做些什么呢?

沉寂片刻之后,"金水桥"突然有了一个想法:"我提议,我们把这次旅游线路改一改,去黄姐那……"

"好——""金水桥"话还没说完,大伙儿立刻举双手响应。

尽管黄姐一再谢绝,可此刻大家已由不得她多说了,纷纷重新修订自己的启程计划:把时间提前到不能再提前,原本坐火车和汽车的,都改成了坐飞机。黄姐说她家在苏北一个小县城里,那是一处穷乡僻壤,但大家想尽办法,把飞机票买到离那儿最近的省城,再赶班车去小县城,大家都想尽快和黄姐见面。

该给黄姐带点什么呢?大家又都动起了脑筋。"金水桥"怕小县城里没有鲜花店,于是就特意在北京买了玫瑰花,不是一朵,而是九朵,他给大伙儿每人都准备一朵;"天津卫"买了两盒速冻"狗不理"包子,他要让黄姐尝尝他们天津名闻天下的特色小吃;"藏羚羊"给黄姐带去的,是他们西藏有名的青稞酒和酥油茶;"天山雪莲"带的,当然是大名鼎鼎的新疆葡萄干和哈密瓜了……

快捷便利的现代交通工具,让九个网友第二天就汇合到了一起。一点人头,竟多出了三位:平时一直反对老爸上网,说占她线了的"金水桥"的女儿来了;嘀咕老公上了网就不做家务的

"天津卫"的老婆来了;埋怨妻子一上网就不顾家的"藏羚羊"的老公也来了!

集合之后,大伙儿就一起往黄姐住的医院赶。可谁想,人世间竟有令人如此伤心欲绝的遗憾:就在一个小时之前,黄姐离开了人世。

黄姐的亲友、同事和她单位的领导,都知道黄姐的这些网友要来,灵堂里所有的人都站了起来,为他们让开了一条通往灵台的路。只见这些网友穿着不同民族的服装,带着各具地方特色的礼品,步履沉重地走到黄姐的灵台前,他们把玫瑰花瓣撒在黄姐的灵床上,把狗不理包子、青稞酒、酥油茶和葡萄干、哈密瓜,一一放上灵台。

黄姐的母亲是一位退休老教师,她握着网友们的手,老泪纵横地说:"闺女给我说过,你们会来看她。她说,你们虽然只是在网络上相识,却是她最真诚的朋友,她要我好好接待你们,不要怠慢了你们……"

黄姐单位的领导也紧紧握着网友们的手说:"黄姐也给我们说过,要我们好好接待你们。你们放弃去北京旅游,来到我们这座小城,网络是虚拟的,可情感是真挚的,欢迎你们,远道而来的朋友!"

所有在场的人都流泪了,为黄姐的病逝伤感,也为她能拥有如此真诚的朋友而欣慰。

"金水桥"含泪起头,九个网友异口同声地唱了一首他们在聊天室里唱熟了的歌:"认识你,真好"。歌声中,"藏羚羊"献上了一条洁白的哈达……

网友们相信,此刻,黄姐一定听到了他们的歌声,也一定看到了生活中的他们……

(孙新华)

(题图:安玉民)

特殊培养

　　小玲大学毕业已经快半年了，依然没有找到合适的工作。说到底，不是小玲条件不好，而是因为她眼高手低，总觉得自己是重点大学毕业的高材生，长得又漂亮，非管理工作不做。可她就不想想，公司怎么会让一个没有实践经验的新人直接做主管呢？

　　这天早上，小玲上网打开电子邮箱，想看看自己投出去的简历有没有下文，让她失望的是，竟连一个用人单位的回复都没有。她沮丧地正准备关电脑，这时候，显示屏右下角的 QQ 头像突然动了起来，原来是小玲的网上恋人"爱的港湾"上线来了，要与小玲聊聊。

　　"爱的港湾"这几天特别关心小玲找工作的事情，小玲心里正郁闷着，很想找个人倾诉，于是就把自己的想法一股脑儿全告诉了他，还愤愤不平地感叹说："唉，真想不明白，像我这样年轻貌美又有真才实学的人，找个工作怎么会这么难？"

"爱的港湾"很同情小玲的遭遇，说："那你就到上海来吧，这里机会还是很多的，我可以帮你。"

小玲没想到"爱的港湾"会这么热情，心里非常感动。可真要去上海，她却有点犹豫：虽说自己和"爱的港湾"在网上已经相恋了好几个月，可彼此从来没见过面，对方究竟是个什么样的人，毕竟心里没底。

"爱的港湾"看小玲没有回话，似乎猜出了她心中的疑虑，就说："别犹豫啦，如果你足够漂亮、足够能干的话，上海这么大的城市，怎么会没有你的用武之地呢？你马上打的过来，车钱我埋单，找到工作之前，我包吃包住。"

听"爱的港湾"这么一说，小玲不由动了心。因为这时候，小玲身上父母给的钱已经用得只剩下三百块左右了，有这样的机会，为什么不抓住试一试呢？如果真能去上海工作，那不是天大的好事吗？自己过去还真没怎么敢想啊！所以一番精心打扮之后，小玲就下楼出门去拦车。

出租车司机一听小玲要去上海，惊讶地提醒她说："这儿到上海，就是走高速公路也得一个多小时，车费加上过路费，要好几百块呢！"

小玲不以为然道："放心吧，师傅，到时候我不会少给你一分钱，有网友在那儿等我，他会替我埋单的。"

司机见小玲眉飞色舞的样子，就没再说什么。有跑远路的生意，干吗不做？

车开出没一会儿，"爱的港湾"又给小玲发来了短信："亲爱的，我会到莘庄收费站出口处来接你。记住，我的车牌号是5828。"

小玲一看,可开心了,立刻回复:"放心,我记住了,5828,'我帮你发'。"

司机见小玲这么兴奋,不由摇起头来,好心地提醒说:"小妹,上回有个女孩也和你一样,说是去会网友,要当心上当哟,她……"

"谁是你小妹?你只管开车挣你的钱就是了。"小玲鼻子里"哼"了一声,气呼呼地把司机的话打断了。她从手提包里掏出面小镜子,横照竖照地自我欣赏起来:白皙的皮肤,精致的五官,时髦的打扮,一切都无可挑剔。

一个多小时后,司机将车开到了莘庄收费站。

小玲马上打"爱的港湾"手机,不一会儿,就看到一位风度翩翩的男士捧着鲜花,从停在出口处对面的私家车上下来,张望着朝这边走来。

小玲激动地从车窗里伸出头去,试探着喊了一声:"你就是'爱的港湾'?"见对方点头,她立即跳下车,向他迎了上去。

可是对方似乎愣了愣,上下打量着小玲:"你是'小楼听雨'?"

小玲连忙点头:"是啊,我就是啊!""小楼听雨"是小玲的网名。

可谁知那男士却突然皱起了眉头,把手里的花往地上一扔,嘴里嘀咕说:"咳,我还真以为你是大美女呢,原来不过如此,还这么……"没等小玲反应过来,他已经转身走了,跳上他自己的车,一溜烟地就开没了影。

小玲怎么也没有想到,期盼了一路和"爱的港湾"相见,居然是这样的结果。她不知道自己是怎么上的来时那辆出租车,强忍着眼泪对司机说:"回去!"

司机一看小玲这副神情,也不敢多问她什么,而小玲为了付司机车钱,到家后不得不厚着脸皮去向房东借。

这次出行对小玲的打击实在太大了,回来后她在床上整整躺了一天,不吃也不喝。她实在想不通"爱的港湾"为什么要这么对她:你可以说话不算数,可以不帮我找工作,但你怎么能这么伤人? 一向自以为是的高傲和自信,顷刻间就从她身上消失得无影无踪。

更气人的是,才过了两天,房东就来问小玲讨钱,生怕她跑了似的。怎么还房东这笔钱呢? 眼看着自己现在生存都成问题了啊,没办法,生活逼得小玲已经再没时间去欣赏自己长得美不美了,找份工作以解当下燃眉之急,是她现在最现实的选择。

小玲上网打开电子邮箱,想最后一次看看有没有用人单位给她回复。嘿,还真来了个邮件,一看,是当地一家叫"多达尔服装有限公司"的来信,说如果小玲愿意做服装市场推广的话,可以带上有效证件去他们公司签合同。

说实在的,要是以前收到这样的邮件,小玲马上就将它"彻底删除",可现在小玲却把它当成了救命稻草。唉,求人不如求己呀!

小玲很快就与多达尔服装有限公司签下了合同:每月底薪三百块,奖金从业绩中按比例提成。从此,她就开始了天天早出晚归的生活,去大商场,跑批发部,推销多达尔公司生产的服装。

让小玲自己也没有想到的是,一段时间以后,她竟越来越喜欢上了这份工作。她发现自己挺适合干这行,因为自小就爱打扮,所以往往别人看来非常不起眼的衣服,在小玲的精巧搭配下就能穿出新意来,小玲对服装逐渐形成了自己独特的眼光,现在做推销就觉得更加心有灵犀。

天天东奔西走,小玲常常累得一回到家就倒在沙发上什么也不想做,可尽管如此,她的销售业务却越做越顺,一年以后,随着市场不断扩大和公司信誉度的提高,小玲的收入变得可观起来,最多的时候,她一个月光奖金就拿到二万元。自信重新回到了小玲身上,公司里的人都说她变得越来越美丽。

这一年年底,多达尔公司在北京总部召开表彰大会,小玲因业绩出色被评为公司"最佳销售",并且还被破格提拔到总公司设在上海的分公司营销部去任副总经理。任命一宣布,小玲惊呆了,这是她做梦也没有想到的。

会议结束之后,小玲就来到上海,去分公司报到,可谁知,当她推开营销部经理室那扇门的时候,竟吃惊得说不出话来。原来,里面坐着的总经理,竟就是她曾经的网友"爱的港湾"!

"爱的港湾"却好像早知道小玲要来似的,一点都没觉得意外,他起身相迎,乐呵呵地走上来,对小玲说:"'爱的港湾'热烈欢迎美女'小楼听雨'前来报到! 初次见面时我伤害了你,现在郑重地向你道歉。希望你能理解我当时的良苦用心,因为我想把你培养成为我们公司既有魅力又有实力的优秀人才。"

没等小玲回话,"爱的港湾"就把小玲拉到窗前,指着停在公司门口的一辆轿车说:"还记得它吗? 5828? 为了工作方便,从今天起,公司把这辆车派给你用。希望我们今后合作愉快,共创辉煌!"

（曾琼玲）

（题图:安玉民）

造型师的奇遇

　　萧积青是位颇有名气的造型师,这天早晨,他一觉醒来就坐在床上发呆。为啥?昨夜他梦到了以前的女友雪莹,可雪莹一个月前就已经和他分手了。

　　萧积青念叨着雪莹的名字,心里空落落的,他啥也没心思干,把手机一关,把电话线也拔了,然后打开电脑,想上网找人说说话。

　　可是萧积青到网上一看,老半天也没找到一个肯跟自己聊天的人。他心里一动,就在"QQ查找"上输入"雪莹"两个字,想看看网上有多少叫这名儿的人。这一搜索,他发现本地有四个网名叫"雪莹"的,全是女孩,萧积青便请她们加自己为"好友"。

　　没一会,这四个"雪莹"的回复都过来了,都同意和萧积青成为好友,萧积青于是就用"雪莹1"、"雪莹2"、"雪莹3"和"雪莹4"来区分这四个女孩,同时与她们聊了起来。

也许是女孩天生爱美吧,四个雪莹听说萧积青是造型师,而且专给影视演员造型,都对他非常有兴趣,问东问西地说个没完。从此不管怎么忙,萧积青只要有空,就会打开随身带着的笔记本电脑上网,与这四个"雪莹"聊天。巧的是,这四个"雪莹"每次都在线上,而且个个都对萧积青崇拜不已,聊天的话题也从没离开过萧积青的造型设计,有时候聊到兴头上,她们还会不知天高地厚地给萧积青提点什么建议。所以,每次从聊天室下线,萧积青总会有好一阵子好心情。

自从和雪莹分手后,萧积青本来以为自己再不会轻易对一个女孩动心,况且作为一个造型师,他什么样的女孩没见过?可不知为什么,这四个"雪莹"却个个都给了他一种恋爱般的感觉。

萧积青决定见见这四个"雪莹"。

这天下午,萧积青在 QQ 上给"雪莹1"留言:"晚上有空吗?我想约你喝咖啡。八点半我会在湖畔玫瑰咖啡厅等你。见与不见,一切随缘!"

晚上,心急的萧积青早早就来到了玫瑰咖啡厅。准八点半,果然有一个淡棕色发型的女孩朝他走来,女孩身上穿着一套黑蕾丝半裙半旗袍裙装,显得优雅而得体,几乎把咖啡厅里所有客人的目光都吸引过来了。萧积青打量着她,微微笑着,虽然凭着专业的眼光,他能从她的着装上挑出些许毛病,但能把自己打扮到这份上,萧积青觉得已经相当不错了。

两人一见如故,谈得非常开心,到分手的时候,萧积青觉得自己心里最柔软的那个地方似乎被拨动了。

萧积青又约见了"雪莹2",这次他把时间定在中午。

"雪莹2"来得很准时,老远就向萧积青挥手,并且热情地招呼:"嗨!"

"雪莹2"的打扮也很得体,柔顺而黑亮的离子烫直发,白色真丝 T 恤套小碎花裙,举手投足间充满了青春的活力。不过,让萧积青异常吃惊的是:"雪莹2"竟然和"雪莹1"长得非常相像。她怎么老远就能认出自己来?可是碍于才见面,萧积青不好意思直接问她。

萧积青和"雪莹2"也聊得非常愉快。不过临分手的时候,他实在忍不住了,便装作有意无意的样子,旁敲侧击地问道:"你……是独生女?"

不想"雪莹2"却嘻嘻笑着,学着电视里的广告语给他打哈哈说:"想知道吗——下回见面告诉你!"

与两个"雪莹"相见,萧积青心里产生了巨大的好奇心,他于是就非常急着想见到"雪莹3"和"雪莹4",猜测见面之后还不知道会有哪些事情发生。可谁知接下来与她们分别相见的结果,竟比他想象的更惊讶。为啥?"雪莹3"和"雪莹4"竟与前面两个"雪莹"长得一模一样,只是打扮各有不同。

这四个"雪莹"在给萧积青留下神秘悬念和无穷想象之后,就都微笑着离开了。

萧积青再也控制不住自己的好奇心,这天,他在 QQ 上分别给四个"雪莹"留言,索要她们的电话号码。

谁知"雪莹2"竟回复他说:"告诉你一个秘密,我有三个姐姐,我们是四胞胎。在这个世界上,出现四胞胎的概率不到百万分之一,所以,我们是这个世界的奇迹!"

萧积青简直被震住了:"我的天!你们四姐妹都取'雪莹'的网名?我哪知会有这么巧的事?这下好,你们全成我的 QQ 好友,全和我见面,我被你们整得好惨啊!"

"雪莹2"给了萧积青一个她的电话号码,并打趣说:"欢迎你来继续'骚扰'我。不过我的姐姐们是否欢迎,就不晓得了。我想,你总不能太花心吧?"

萧积青立刻回复："我希望我们都是好朋友,和你们聊天,真的是一件非常愉快的事情。"但心里真的只是拿她们当好朋友吗?萧积青自己也说不清楚。

这以后,萧积青虽然有四个同名同貌的好友,但只有"雪莹2"和他联系比较密切,另外三个"雪莹"除了偶尔在网上回复一下他的留言,或碰巧在线时与他聊几句,基本就没了踪影。

这天,萧积青打电话给"雪莹2",说想约她们四姐妹一起出来玩玩,让"雪莹2"问问她的三个姐姐意愿如何。可"雪莹2"当即就显得有点为难,说三个姐姐平时很忙,要同时抽身出来,恐怕不太可能。

萧积青一听,立刻大度地说:"没问题,能来就来,不行也没关系啊。如果能来,我们就一起去郊外野餐,你们只要带嘴巴来就行,一切我搞定。"

"雪莹2"爽快地答应了,还和萧积青约定了具体时间。

很快就到约定的这一天,萧积青开着跑车来了。不一会儿,"雪莹2"也如约现身,但却告诉萧积青说:"不好意思,几个姐姐都有事,她们让我做代表。"

萧积青虽然心里觉得有点遗憾,但脸上还是挂着笑,说:"没关系啊,我有心理准备,那就我们两个去。你放心,天黑之前我一定把你完整地送回来。可以吗?"

"OK!""雪莹2"哈哈笑着,和萧积青对击一掌,开心地跳上了他的那辆跑车。

不大工夫,他们来到了郊外,眼前,除了望不到头的公路和偶尔过路的车辆,几乎看不到人,四周全是一望无际的田野。萧积青找个地方将车停下,冲"雪莹2"似笑非笑地做了个鬼脸,然后就跳下了车。

"雪莹2"疑惑地问:"怎么,难道我们就在这里野餐?"

萧积青回头朝她笑笑,做了个"请"的手势,说:"下车吧,尚雪晶小姐！"

"雪莹2"脸色蓦地一变："你……你……原来你早就知道了？"

萧积青乐不可支地点头，说："我朋友帮我一查，发现跟我捉迷藏的，原来就是《风情》杂志的造型指导尚雪晶小姐。你的造型技术不错，但以我的职业眼光，按说不会这样被你蒙住，是我太盼望生活中出现奇迹了。"

听了萧积青这番话，"雪莹2"忍不住直朝萧积青竖拇指："到底让你识破了，萧大师，你好厉害！"她一边说，一边也从车上跳了下来，"好吧，既然如此，那你以后就直接叫我名字得了！"

萧积青此时显得有些得意，不过他心里的疑惑并没有完全解除："我不明白，你怎么偏偏取'雪莹'这个网名，而且用四个号码同时在线？你可真能忽悠人啊！"

尚雪晶笑了，告诉萧积青说："我这四个号码，平时是分别用来与文字作者、同行、服装及美容模特交流的，取同一个名字，是为了让大家记着方便。至于你问我为什么偏偏要用'雪莹'来作我的网名，我知道你这么问的意思，这是因为……因为我看了一篇题为《造型师的初恋情怀》的纪实文章……"

尚雪晶这话还没说完，萧积青脸上的笑容突然凝固了。原来，尚雪晶说的这篇《造型师的初恋情怀》，是萧积青的一位好友背着萧积青写了之后拿出去发表的一篇文章，写的就是萧积青和他初恋女友雪莹的故事。

尚雪晶当然看出了萧积青此时的心情，她深情地说："萧大师，你的故事太凄婉，也太感人，让我好想认识你这个如此深情的同行，于是我就取了'雪莹'的网名上线，看看有没有和你相识的缘分。在你和四个其实都是我的'雪莹'聊得十分开心的时候，我突然想试探一下，生活中的你到底和传说中的你是不是完全一样，于是在和你见面时，我就用了四种不同的装扮。呵呵，看来你还不是太花心……"

顿了顿,尚雪晶又调皮地说:"其实,和你交往我还想实现一个愿望,就是拜你为师。你在影视圈,我做平面媒体,不会抢你饭碗的,你能不能答应我? 要知道,我这样的弟子可是千载难逢啊!"

萧积青认真地看着尚雪晶,说:"给我一段时间,好么?"

可谁想没过几天,萧积青就拨通了尚雪晶的手机,告诉她:"我经过认真考虑……"

"怎么样?"尚雪晶的心都要跳到嗓子眼了。

电话那头传来萧积青严肃的声音:"我决定……决定不收你为徒……"

"啊?"尚雪晶的心陡地一沉,赌气地立刻把手机关了。

可是,她分明又听到了萧积青的声音:"因为,我决定从现在开始追求你,我要追到你成为我的老婆……"

咦? 手机不是已经关了吗,怎么回事? 尚雪晶吓了一跳,转头一看,啊! 萧积青正站在她身后,深情地对她微笑……

(黄 云)

(题图:安玉民)

▌ 态 百 出

网络虽然为你打开了了解世界的另一扇窗，但如果沉溺其中，恐怕结果终得让你哭笑不得，唏嘘不已。

傻瓜上网

　　刘大华离开四川老家，不远千里在合肥落下了脚，靠着老乡的帮助，在一家小饭店里做伙计，他赚的工钱虽不多，但由于是包吃包住，因此不仅够用，还能有些节余。

　　刘大华的工作很繁杂，洗涮、拣菜、端盆子，样样都得来，到了中午饭的时候，还得出去送外卖。周围好几个单位，都在刘大华他们店里订盒饭，其中有一家还是派出所。

　　说起派出所，刘大华起初总害怕去那儿，说是常听人家说警察很凶。可勉强去了几次，他发现其实并不是这么回事，那里的警察每天好像就是处理些邻里纠纷之类的事儿，刘大华去送饭，他们对他很客气，连所长也不例外。久而久之，刘大华也就不怕了。

不过有一位吴警员,刘大华对他挺敬畏的,因为吴警员在派出所里是专门负责操作电脑的。刘大华不懂电脑,只看电视,电视上的广告经常说:去某某学校学电脑,就能挑战四位数的职场高薪。在刘大华眼里,搞电脑的人都是很了不起的。

这年夏天,饭店老板读大学的儿子从外地回来,听说刘大华是四川人,就经常跑来找他学四川话,老板儿子在暗恋他班里的一个成都妹子,刘大华于是就挑些有趣的方言俚语教他。

老板儿子学得有滋有味,还天天打电话到成都妹子那里去"现炒现卖",哄那女孩。作为答谢,老板儿子就在刘大华下班后带他去网吧,教他玩电脑。

刚开始,刘大华一坐到电脑桌前就两眼发直,连手都不知道往哪搁,可他脑子蛮灵,几次一去就老练多了,没多久,不但学会了上网打游戏,甚至还会在聊天室里和人家简单聊几句。这样一来,只要没事,刘大华就一个人去网吧上网,玩电脑。从这以后,刘大华看到吴警员就不再缩头缩脑了,给他送饭的时候,还会有意无意地往电脑显示屏上瞟几眼。

那天中午下大雨,刘大华把饭送去派出所,吴警员看看窗外,对刘大华说:"雨下这么大,你别忙着走,避会儿吧!"

吴警员抓紧时间吃饭,刘大华看着电脑心里痒痒的,很想坐上去过过瘾。

吴警员看他那神情,疑惑地问:"你也懂电脑?"

"我……我只会打游戏。"刘大华不好意思地说,"你们这里能上网?"

吴警员点点头:"当然能!我现在就在网上,不过我上的是我们公安局自己办的网。"

刘大华一听,眼睛瞪得老大:"公安局也办网?你们也……也玩游戏?"

吴警员"嘿嘿"笑了:"玩什么游戏?我们找人。"

"找人?"刘大华觉得很奇怪,"网上还能找人? 怎么找?"

吴警员说:"很简单啊,假如要找你刘大华,只要在这上面输入你的名字,就能找啦。"

刘大华疑惑地撇撇嘴,吴警员看他这神情,笑了:"你不信?"于是立刻放下饭盒,随手在键盘上敲下"刘大华"三个字,打趣说,"我看看,有没有和你同名同姓的逃犯……嗯,还真有一个,你看!"他推推刘大华的胳膊,"刘大华,四川乐山人,自行车盗窃团伙在逃人员,你看你看,这照片,长得和你还真……"

不对了,不对了! 吴警员猛一把拉住刘大华,大声嚷嚷起来:"所长,所长,有情况!"

这天,是刘大华最倒霉的日子,他恨不得抽自己一个耳光:"我他妈的真傻呀!"

(乔 洋)

(题图:箭 中)

谁是恐龙

体育老师楚峰是个大龄未婚青年,最近他以"小狗别叫"的网名,在网上认识了一个叫"我是汪汪"的美眉。在敲碎了七七四十九个键盘后,楚峰和"我是汪汪"都被对方深深吸引,他们决定来个亲密接触。

不过楚峰又有点担心,到时候自己万一碰上个"恐龙",对方是个丑女,怎么办?逃都逃不掉。为了谨慎起见,他向学校里的其他老师讨主意。

办公室里顿时就热闹起来,老师们纷纷给楚峰想办法。

物理老师对楚峰说:"我借给你一架望远镜,到时候可以未雨绸缪,早早决定是继续进攻还是战略大转移。不过我先提醒你一句,你可千万别相信背影,免得发生'路上美女一回头,吓死奶牛才三头'的悲剧。"

语文老师给楚峰出招说："小楚,我送你一首诗。如果她是美女,你就说,你们的爱情就像这首诗一样美丽隽永;如果她是恐龙,你就说,你们的爱情将像这首诗一样空洞无聊。嘻嘻,还是早点结束的好。"

美术老师给楚峰出的主意更绝："小楚,我把我的假发套给你。她要是美女,你就把假发套戴上装酷;她要是恐龙,你就把假发套反过来戴,装秃子吓吓她,她准跑。"

大家你一句、我一句,说得非常热烈。

楚峰将老师们出的方案一个个反复比较,思忖再三,认为还是数学老师的建议比较稳妥,思维清晰,操作性也强。

数学老师是这样对他说的："小楚,明天八点,你把她约出来见面,到八点一刻的时候,我给你打个电话。如果你说'嗨',那就表示她是个'美眉',我就去领导那儿给你请假;如果你说'喂',那就表示她是个恐龙,我就说单位有急事,把你叫回来。"

于是第二天上午八点的时候,楚峰准时站在了与"我是汪汪"相约的地方。

八点一刻,数学老师给楚峰打电话,刚拨通,就听见话筒里传来"嗨"一声,"成了!成了!"数学老师立刻把电话挂上,随后就大笑着在办公室里发布起新闻来,还跑到校长那里去给楚峰请假。

可谁料九点刚过,楚峰竟耷拉着个脑袋快快地回来了。

数学老师大惊:"怎么这么早就回来了?你不是在电话里对我说'嗨'的吗?我连假都帮你请好了。"

"唉!"楚峰尴尬地笑笑,叹了口气,"你不知道,她后来也接了个电话,然后朝我'喂'了一声,就说单位有急事,走了……"

(郝文祚)

(题图:李 加)

恐怖战争

CS 是什么？网络游戏"反恐精英"呗。这你都不知道？真是老土。

李明曾经就是一个超级 CS 迷，那时，他整天和他的一帮网友沉迷于这个游戏当中。

那天，他们这帮人中的军师"海盗"说："网络游戏咱们玩腻了，可不可以搞一次实战演习，召集各路兄弟来一个'真人秀'？"

哈，难道是要体验一回真正的"反恐战争"？这个建议让大家兴奋不已，立刻就获得了一致通过。紧接着，大伙儿就纷纷开始为自己购买装备，防弹衣、大战靴、AK47，等等。李明当然不甘落后，咬咬牙替自己买了一身飞虎队的专业装备，准备到时候好好在大家面前出回风头。

行头准备好了之后，李明就和军师"海岛"去联系实战演习的场地。可两个人踏遍大半个城区，累得半死，也没能找到一个理想的地方。

后来走到城郊开发区一块地方时，李明实在不想走了，就赖在那里直"哼哼"，这时，只听"海盗"在不远处激动地喊他："喂，快来看，地方有啦！"

一听有地方了，李明浑身一震，立刻跑了过去，顺着"海盗"手指的方向望去，只见不远处有一栋盖了一半的"烂尾楼"，简直和网络游戏中的背景一模一样。天啊，这真是"踏破铁鞋无觅处"呀，就是这儿啦！

周末，这伙游戏迷期盼已久的演习正式开始了！一拨三十几个兄弟分成两队：一队算是土匪，抢了对方的人质，在烂尾楼里负隅顽抗；一队当然就是正义之师了，不但要冲进楼里去解救人质，还要把对方消灭干净。大家说好了，尽管这依然是一场游戏，使用的武器自然也不可能是真的，但双方必须全情投入，把它当一场真正的战争来打。

李明和"海盗"被兄弟们推举为正义之师的领头人，李明一声令下，他们的队伍立刻朝烂尾楼冲去，在兄弟们一片惊天动地的呐喊声中，李明似乎看到了当年苏军攻克柏林的场景再现，他激动得浑身热血沸腾，一路狂喊着冲在了队伍的最前面。进楼以后，因为楼里没有灯光，他立即指挥兄弟们用红外线瞄准镜搜寻对方踪影，争取尽快制服他们，然后上楼顶去解救人质。

"海盗"不愧为军师，一看这个情况，附着李明耳朵悄悄说："我们必须采取佯攻战术，你带领一部分兄弟从正面进攻，迷惑对方，其他人跟我从背后偷袭，争取一招制胜。"

不料李明带着一部分兄弟从正面才前进了没几步，就遭到对方猛烈回击，狭窄的楼道里子弹横飞，尘土飞扬，很快就有兄弟战死沙场。李明的肩头也不幸中弹，幸亏他配置的是飞虎队的专业装备,手里的新式武器硬是压住了对方的火力。

此刻,李明心里明白:对方的退却是暂时的,他们很快就会组织新的回击。接下去该怎么办呢? 李明睁大眼睛拼命四下打量,突然发现旁边有根下水管道穿过楼板直通楼上,而穿过楼板的地方有一个很大的窟窿。这个发现让李明欣喜若狂,他立刻顺着这条下水管道攀爬到楼上,一看,哈哈,三个匪徒正蹲在那里,端着枪全神贯注地瞄准着前方,把后背留给了他。李明当然不客气了,端起枪来就是一阵点射,很快将这几个毛贼打倒在了地上。

李明接着就打算一鼓作气冲上楼顶去解救人质,可这时他却被对方发现了,于是火力立刻集中到了他的身上,子弹打得他身旁的铁皮桶“叮当”直响。李明心里急了:这样下去不行,会耽误作战计划的。他赶紧猫腰向后挪,准备迂回到侧面,哪知就在这时他突然脚下一空,“扑通”一声掉了下去。

咋回事? 原来那个地方竟有个大窟窿,李明从这个窟窿里又掉回到了楼下,他只觉得脚上一阵钻心的痛,立刻哇哇大叫起来。在楼下负责防守的两个兄弟吓得赶紧把李明架出楼,打算送他上医院。

可现在是在打仗啊,既然是正义之师,领头的怎么能自己先下战场呢? 李明坚决不肯走,还硬挺起胸来,想慷慨激昂地鼓励大家继续作战。

但就在这时,不可思议的事情发生了,只听见从烂尾楼里猛地传出一声爆响。李明还以为是哪个兄弟点燃鞭炮以追求真实效果,可随后就发现不对了,爆炸声竟接二连三地响起,紧接着就是一片滚滚浓烟,烈焰从烂尾楼里腾空而起,李明看到,不断有他的兄弟零零落落地从窗户里跳出来……

只短短几十秒,烂尾楼倒了,一场真正的恐怖战争发生了……

　　事后李明才知道,烂尾楼所以被炸,是因为军师"海盗"无意中在楼里看到一枚雷管,耐不住好奇,想把它拆开来看看,没想他自己当场被炸死不说,他旁边的两个兄弟也被炸成了重伤,至于受轻伤的兄弟,那就不用说了。

　　当时的惨景,李明一辈子都不会忘记,从那以后,他再也不玩这种游戏了。

　　经常有同龄人问李明:"你玩不玩 CS?"

　　李明就会表情冷漠地反问他:"CS 是什么?"

　　那些同龄人一听,总是不屑地喊:"哇,CS 都不知道? 网络游戏'反恐精英'呗! 真是个老土。"

　　可他们哪里知道,只要提起 CS,李明心里至今还在流血……

(张勇攀)

(题图:安玉民)

网吧惊魂

　　几阵沙尘暴过后,四月末的天气已经有了初夏的感觉。

　　那天,天色已经将近傍晚,小浪骑着自行车去网吧。为了打游戏,小浪没少挨他老爸老妈训斥,但每次挨骂之后,他只是稍微收敛两天,过后立刻又去网吧继续"浴血奋战"。

　　眼下期中考试才过,五一黄金周的到来再次点燃了小浪心中打游戏的战火。这回小浪的准备很充分:车筐里放满了各种口味的方便面和矿泉水,口袋里更有足够的"军饷"。

　　小浪一路骑着车,耳边响起了临出门前老妈的唠叨:"疯够了就赶快回来。"小浪心想:疯够了? 嘿嘿,至少也得三天以后吧!

　　本来,离小浪家不远就有一个网吧,而且收费也相对便宜,曾经一度是小浪和他朋友们的"火拼之地"。但是就因为离家太近,屡遭小浪老爸老妈的"围追堵截",所以这次小浪和朋友们决定忍痛放弃阵地,去寻找新的据点,玩它个痛快。他们彼此约定:只要谁先在街上发现价格便宜、座位又足够多的网吧,立即打电话互相通知。

此刻小浪骑着车,就在街上寻找这样的网吧。小浪知道,要找收费便宜的网吧就不能去热闹大街,于是就尽钻小街小巷。当他七拐八拐拐进一条偏僻小巷时,忽然发现巷子尽头亮着一个淡红色的灯箱广告,一看:红急速网吧。他心里不由一喜,赶紧将车骑了过去。

网吧门口贴着一张告示:黄金周特价,"奔四"主频,包夜十块。小浪伸头往网吧里面一瞧,整整齐齐放着一排排电脑,他细细一数,已经有二十四个玩家在那儿,还有十八台电脑空着。

小浪可高兴了,马上掏出手机给朋友打电话:"小白啊,我找到网吧了,叫'红急速',十块钱刷夜,赶快带他们来啊,我先进去替你们占位去。"

交代了网吧地址后,小浪就把电话挂了。随后他走进网吧,对老板说:"我朋友一会儿就到,你这里剩下的十八台电脑我全包了。我们一刷就是两天三宿,你看是不是就别再……"

老板没抬头,一边顾自捏着毛笔在往本子上记着什么,一边对小浪说:"放心,今晚不会有其他人来……你去25号机吧!"

老板说话声音听上去阴沉沉的,小浪觉得很不舒服,鼻子里不由"哼"了声:"都什么年代了,还用毛笔写字?真是见鬼!"他一边嘀咕,一边就朝25号机位走去。

让小浪感到奇怪的是,他刚在25号机位上坐下,身上就禁不住一阵阵发冷。他前后左右一看,发现身边的那些玩家全戴着耳机,一个个全神贯注地盯着眼前的电脑屏幕,眼窝深陷,头发油腻,可脸上却又看不出丝毫疲惫。他随口问坐在旁边机位上的玩家:"老兄,经常来吗?"

那玩家回答他:"嗯。"

"玩多长时间了?"

"四年。"

"四年?"小浪不由惊叫起来:比起人家已经玩了四年,自己的网龄实在太短了啊!

刚才小浪这一声叫,让那些正趴在电脑前的玩家都以为发生了什么事,于是都往他这边看。小浪觉得很不好意思,只好朝他们笑笑,算是打了招呼,随后就埋头打自己的游戏。

小浪平时和朋友们打游戏向来十分投入,随之而来的尖叫、惊呼、咒骂和埋怨声此起彼伏,从不间断,至于脸上的表情,更是喜怒哀乐啥样儿都有。可现在让小浪感到奇怪的是:在这家网吧里,周围的一切都非常安静,能听到的只有键盘的敲击声和鼠标接触桌面发出的轻轻的摩擦声,安静得根本不像个网吧,倒如同一家图书馆。还有,更奇怪的是:所有的电脑似乎都在运行着同一个游戏:CS,也就是"反恐精英"网络游戏。

此刻,在这个网吧的局域网上,十二个警察正在和十二个匪徒激战,他们的名字清一色从"鬼01"一直排到"鬼24"。小浪觉得很新鲜:明明是一个个大活人,怎么起的名字都叫"鬼"?小浪一直认为他自己是玩家中的高手,于是在名字一项里输入了"鬼00"之后,说了句"我也来",就加入了匪徒一伙,因为现在匪徒正处于劣势。

小浪虽说网龄短,可水平高哇,他的加入使匪徒这一方很快就扭转了劣势。这要在以往,朋友们早为他欢呼起来,可现在,坐在网吧里的那二十四个玩家,个个都显得十分平静,谁也没有出声,作为赢家的小浪只好默默地再燃下一轮战火……

游戏继续进行着,眼看匪徒一方就要获胜,谁知正杀到酣处,匪徒"鬼01"突然变成了警察。这一来,战场情势就随之发生了变化:无论小浪藏在黑影里守株待兔,还是小心潜行埋雷,都会被对方发现。而且对方的水平不是一般高,每次只用一发子弹就能结果小浪的性命,就算小浪跟在其他匪徒身后,也难免落得个中弹身亡的下场。而在杀死小浪之后,"鬼01"还对着小浪的尸体一通狂扫,如此往复十几回合,小浪的排名从本来的第一变成了倒数第一。

这一来,小浪按捺不住了,"呼"地跳起来,冲着坐在网吧门口的老板大声喊:"网管,有人作弊!"

老板问:"谁?"

小浪说:"'鬼01'!"

谁知他这话刚出口,立刻招来全体玩家的注目,那二十四个人如同训练过了似的,异口同声地喊起来:"我们都是'鬼01'。"

小浪顿时就觉得头皮一阵发麻:这怎么可能呢?这二十四个玩家,在游戏里就是那十二个警察和十二个匪徒,怎么现在他们都说自己是"鬼01"呢?

小浪一时不知道自己该怎么办,总觉得这个网吧里的气氛有点诡异,他也不想再说什么了,无奈地坐下,只盼着小白他们快快来。可眼看着墙上的时钟已经过了十点,小白他们还没到,小浪想打电话催催,手机竟然又没了信号。小浪一下就觉得无精打采起来,可好不容易找到一家这么便宜的网吧,他又舍不得走,于是就决定趁小白他们没到之前,抓紧时间先睡上一觉。

很快,小浪趴在桌上渐渐进入了梦乡。梦境里,他再次成了游戏中身穿迷彩服、手拿 AK47 自动步枪的匪徒,火光中弹壳飞舞,他重刀一击,鲜血立刻从对方颈部喷涌而出,一看对方身上的标号,正是刚才暗算小浪的"鬼01"。手刃仇人之后,小浪更加勇猛起来,把对方杀得四处逃窜,战场上到处是死尸和丢下的枪械。只是渐渐的,小浪身后的盟友越来越少,对手竟然成倍增加,铺天盖地的手雷从对方的营地中向小浪掷来,火焰灼烧着小浪的每一寸肌肤,感觉是如此的真实。

　　猛然,就像时空在刹那间切换了一样,小浪发现燃烧着的火竟然一下子从刚才的网络游戏战场移到了网吧,网吧顿时化作一片火海,显示屏的爆炸声,玩家们的尖叫声,还有网吧里那些塑料椅在大火燃烧中散发出的刺鼻气味,渐渐升温的地板,"乒乓"掉落的顶灯……这一切都使小浪感到了极度的恐惧,他顾不上被碎玻璃划伤的手脚,趴在地上拼命往墙边爬,他相信只要顺着墙边,就一定能找到出去的门。

　　可是火烟越来越浓,小浪呛得一直在咳嗽,他觉得很奇怪:整个网吧也就不过几十平米,为什么爬了半天依然没有找到出去的门? 就在他感到绝望的时候,"安全出口"几个绿莹莹的字突然在他眼前跳了出来,"防火门! 我终于得救了!"

　　可谁知希望来得如此真切,却又走得那么匆忙! 小浪爬到门口才发现,一把巨大的铁锁将防火门锁住了,任凭怎么捶打,门外虽然有凉爽的空气,可是他年轻的生命却似乎注定只能在门里被顷刻间燃烧和蒸发……

　　"嗡——嗡——"是桌上手机的震动,将小浪拉回到了现实,原来刚才所有的一切,只是他做的一场梦。环顾四周,小浪看到网吧里空荡荡的,只有他和门口柜台上的老板,那二十四个玩家此时已经全不在了。

　　小浪心里一喜,立刻拿起手机给小白打电话:"喂,小白,你死哪里去了? 网吧里现在一个人都没有了,你们怎么还不赶快过来?"

　　可是电话那一头,小白的声音哆哆嗦嗦:"哥们,我刚才给你打了半天电话都没人接,你……怎么回事?"

　　小浪一听,嗓门大了:"刚才有一阵没信号。你们也太磨磨蹭蹭了吧,都老半天了,还不过来? 我说兄弟,你别给我玩名堂啊,我问你,你现在没事抖什么抖啊?"

小白却没接小浪的话茬,只是追着他问:"哥们,你刚才跟我说的这网吧,叫什么名字?"

"'红急速'!"小浪气得大叫起来,"闹半天,原来你连哪个网吧都还没搞清楚?"

"不是啊!"小白在电话那头惊恐地说,"哥们,你还记不记得,半年前曾经有一个网吧失火,烧死过二十五个人?"

"有啊,那又怎么了?"

"该不会就是这家吧?我记得那网吧就叫'红急速'。"

"什么?喂,兄弟,你别挂电话,喂……"

可无论小浪怎么叫喊,电话那头再没了小白的声音。小浪心里立刻"怦怦怦"地跳起来,想起刚才那个过于真实的梦,小浪后背冷汗直冒,他不再有片刻迟疑,立刻一边朝网吧门口走,一边叫道:"老板,结账!这里有十块钱,不用找了!"

老板依然低着头,写他的毛笔字,嘴里说道:"十块钱不够啊!"

小浪一愣:"十块钱还不够?"可是此时他也顾不上讨价还价了,只想快点离开这个地方,"那我这里还有,五十块,都给你。"

"嘿嘿……"老板这时总算抬起头来,小浪看到,这是一张完全被大火扭曲了的脸,眼睛成了白蒙蒙一片,"我们这里,不收钱的。"

小浪战战兢兢道:"那……你们要什么?"

"要你陪他们一起玩游戏。"老板这句话刚落音,只见网吧里的那二十四台电脑立刻一起转向小浪,每台电脑的显示屏上都有一张脸,小浪立刻认出,他们就是刚才和他一起玩游戏的那二十四个玩家。与刚才不同的是,此刻这二十四张脸上,堆满了让他毛骨悚然的微笑……

(推荐者:常小梦)

(题图:谢 颖)

身后的"破衣服

一天深夜,大强和小乐正在视频聊天,这是一种双方各自在电脑上装了摄像头之后,彼此就可以看得见对方的网络聊天方式。

突然,大强两只眼睛直愣愣地瞪着小乐,问他:"你身后那人是谁?"

小乐正要回头看,一想:不对,大强肯定是和自己闹着玩,他正在他那边的摄像头里盯着我哩,我要回头看,他准会乐得哈哈大笑。

于是,小乐"啪啪啪"得意地在电脑上按下一串键:"你别玩我啦! 明明我一个人在房间里,背后怎么可能会有人? 我不上你的当。嘻嘻!"

大强一看小乐的回复,急了:"我没瞎说,真有呀,这人一直在你身后晃呢!"

被大强这一说,小乐吓得立刻从凳子上跳了起来,回头一看,哪来的人呀？一琢磨,断定是放在电脑旁边的风扇在转,把自己挂在身后墙上的外套吹起来,看上去就像个人站在这里似的。

小乐给大强一说,大强再一看,果然如此,于是小乐哈哈大笑起来:"咳呀呀,我的一件破衣服竟就成了人哇!"

过了几天,这天深夜,小乐把他刚认识不久的一个美眉介绍给大强,三个人开始了热烈的三人视频,大强还嘻嘻哈哈地和这个美眉插科打诨起来。

谁知就在这时,小乐突然发现大强老婆不知什么时候出现在了大强身后,身上穿着睡衣,两手叉着腰,怒气冲冲地恨不得要把大强一口吃了似的,而大强却毫不知情,仍和美眉聊得不亦乐乎。

小乐吓得赶紧给大强打了个"啊——",就立刻把自己电脑上的摄像头关掉了。

过了一会儿,美眉来问小乐:"你那个朋友是怎么回事？我看到他身后有人,应该是他老婆呀,可问了他好几次,他老是回答我说,是他的一件破衣服,后来,他的视频就莫名其妙地断掉了……"

小乐当然知道是怎么回事了,可他这时候只好装糊涂:"哦,哦……我也不知道呵……"

（余维庆）

（题图：李　加）

网 文 精 粹

哪儿有人聚集，哪儿就有故事。
这不，网络上也处处流传着好故事呢。

让我爱一次

　　我是到那家医院实习的,想不到会遇到她:一个将使我的灵魂在以后的大半辈子里永远不得安宁的女孩!

　　那天,是一群人把她送到急诊室的,重大车祸,因脊椎严重受损,她可能会永远瘫痪,几乎就要成为一堆废物了。我在她的病历卡上看到,她其实只有二十多岁,可上天就这样剥夺了她一生欢笑奔跃的权利,更何况她是那么的美,美得就像是从蜡像馆里走出来的一位绝代美女。

　　她没有家人,竟然是个孤儿! 我去查房时曾经问过她旁边病床的人:"有人来看她吗?"回答是:"有啊,几个女的,来了也不说话,默默对坐着,然后就走了。那种气氛,唉……"我因而也就更加怜惜她,对她倍加关怀,可她冰冷的面孔始终没有改变。

这样又过了一些日子,有一天早上,我走到她的病床边时,她灰暗的眼神中闪出了一点亮光,她说话了,声音很微弱,我就低身附耳过去。她说:"请你亲亲我。"我吓了一跳。

病房里所有的病人和家属,没有听到她说的话,可都看到了我这个实习医师仓皇逃离的窘相。而且这还不算,她在以后每天都和我说这句同样的话,弄得我十分为难,因为我既不能弃她不顾,更不能接受她这个绝对违背医德的要求,我毕竟是个宣誓过的医生呀!

我不能这样做,但我还是按捺不住好奇心,想问她个明白。

有一天晚上,轮到我值班,那些天病房里恰巧只剩下她一个患者,而这时值班护士也在打瞌睡,我于是便坐到了她的床边,听她幽幽地诉说她伤痛的一生:从小父母双亡,被养父母长期虐待,养母又企图把她卖给一个智障男子当老婆,所以她高中一毕业就急着离家;她心脏不好,半工半读很艰难,又因为美貌而常受男子骚扰,因而对所有男子都敬而远之;她一心一意工作,只想挣够了钱去环游世界;她再也不想回到这个令她伤心的地方……

她对我说:"可是现在,什么都不可能了。我这一生,想得到的都没有得到,甚至每一个人都会有的爱情……"她沉沉地叹了口气,"求求你亲亲我,我不会告诉任何人的,我只会感激你一辈子,就算为我的二十二岁生日,好吗?"

我仍然摇头,缓步离去,又因不忍心而回头时,看见她满脸泪水。这一夜我失眠了,一闭上眼睛就是她苍白的容颜,渐失血色的朱唇轻启:"请亲亲我,求你了……"

这以后她不再开口,只是一见到我就流泪,连病人和护士都察觉有异,大家一看到她流泪就转头看我,把我搞得十分狼狈。

她床头的一瓶百合花枯了,已经好久没有人来看她了,好像是她自己不要朋友来看她的,看样子她不想活了,护士帮她翻身擦背,她也不肯合作。

　　病人们也在议论:"也难怪,这么青春美丽,没有人爱,要是换了我,也不想活了。"

　　这话像铁锤重击着我矛盾而彷徨的心:如果我答应亲她,她就算有人爱了? 就算爱过了吗?

　　那天夜里,又轮到我值班,我像一头焦躁的野兽在走廊上来回踱步,不知怎么就走到了她的病房前推开门走了进去。

　　原以为她熟睡了,谁知道竟还醒着,泪光闪闪,一双眼睛看着我,好像是在等我答应什么。我艰难地咽了口口水,没有说话,但我已经用我的眼睛告诉了她:"我答应你,亲你……"她点点头,第一次也是最后一次,我在她脸上看到了笑容,像一池春水缓缓荡开的涟漪……

　　我俯下身去,我的嘴终于触碰到了她那冷冷的惨白的唇。她像是被强烈地撼动了,两只手臂想使劲箍着我却又无法动弹,但我分明感觉到她的指甲深深地掐入了我背上的肌肤。借着从百叶窗透射进来的月光,我看着她,她真美,美得就像电视镜头里慢慢绽开的一朵花,一朵脆弱、易碎的小白花……

　　此刻躺在我身子底下的,是下身瘫痪了的女子,这名命运悲惨的女子正在从我的身上抓取她人生仅有的、最后的幸福,对此,我能拒绝吗? 我能仅仅满足她"亲一亲"的要求吗? 那天夜里,我做的比原先想的多……

　　当我出门时,我听到了她一声轻微的、却宛如巨雷轰鸣般的低语:"谢谢你。"

　　第二天,我一整天东晃西晃的,我故意避开她的病房不去,可还是在走廊上被小护士叫住了:"那位小姐找你。"

　　"谁? 哪位小姐?"

　　"还能有哪位? 一看到你就哭的那位呀! 你到底是怎么欺负人家了?"

什么欺负？是她自愿的！可这话我能说出口吗？我狠狠瞪了小护士一眼，匆匆走进了她的病房。她看到我，要我低身下去，她说得很轻，可这句话却如同霹雳炸地般响在我的耳边："我要告你强暴！"

我立刻像是触到了高压电似的跳了起来，我以为她在开玩笑，一看，不像。

她冷冷地说："没错，你会说我是自愿的。但你有证据吗？没有！就算我愿意，你也不能这么做呀，哪有医生和病人在病房里苟合的？何况我现在告你强暴，你的事业和前途就全完了……"

她说这些话时并没有龇牙咧嘴，可我却一下子冷到了脚底心，我强装镇定地问她："你有什么证据？"

她说："你看看后面那个停电照明灯，你不觉得上面多了一个小黑点吗？没错，那是针孔摄像机，你和我……你强暴我的过程，它全都录下来了，当然，这不是我安装的。还有，我一个人怎么可能取下你的精液做证据……这些证据还不够吗？"

"仙人跳"！没想到这个歹毒的女人完全是有备而来，我真是太傻了。想到自己的前程将因此而毁于一旦，下场甚至比全残的她还惨，我真是悔恨交加。不知怎么，我突然就双膝一软，跪在了地上……

"你不必求我，我只是不甘心自己的一生就这样完了，我要得到爱，所以要抓一个来给我陪葬，只怪你运气不好。我的要求只有一个，你娶我，而且要明媒正娶，要不……哈哈哈……"她狞笑着，就像是一个吸足了血的女鬼。

我知道，我和她现在已经到了"你死我活"的地步，我必须先下手做了她，反正医师杀人要比救人容易得多；反正她不仁在先，我不义在后，孤注一掷、寻找生机，总比被指控强暴、绝对坐牢，机会大得多。再说，她没有家属，不会有人来关心她的死因，至于她的同伙,树倒猢狲散,人都死了,还想怎的?

就在当天晚上,月光惨白惨白的,我站在她床边,来见她最后一面。我考虑了一下,决定用钾,她本来心脏不好,忽然死于心脏病应该不算奇怪。我于是就用戴着手套的手拿起针筒,在她挂的点滴瓶的软木塞上,把立刻会让她心脏停止跳动的钾缓缓打了进去……

她忽然睁开了眼睛,看明白了我的动作,又把目光转回到了我的脸上,她的表情变得出奇的柔和,就像昨天晚上一样,喃喃着:"谢谢你……"

点滴瓶里带着钾的液体,一滴一滴输进她的体内……我翻开她床下放着的包裹,里面只有她进院时穿的一套衣服;墙上的停电照明灯我也拆下看了,根本没有什么针孔摄像机;而值班柜台上的会客记录本,我也悄悄查过了,除了刚进院时的那几天,已经好久没人来看她了。看来,一切的所谓录像、存证,要告我强暴的陷阱,都是她刻意编造出来的。

这是为什么呢?

此刻,点滴瓶里的液体已经差不多没有了,她的声音已经越来越微弱:"这样的人生,我不想继续,可又没办法自杀,只有靠你了。你是好人,我不这样做,你不会下手……"说到这里,她的头突然往旁边一歪,满头黑发也随之往一边披散,盖住了她的半边脸庞,她露出的那只眼睛定定地注视着我,就像被按了"停止"键似的不动了……

"我是好人? 我是好人吗? 我救不了一个人,却杀了一个人,可我杀了的人反而还说我是好人……"我喃喃地自言自语着,走出了医院大楼。

外面没有人,只有满地冷冷的月光……

(钟小丽　供稿)

(题图:俞晓夫)

胖考官的印章

李雨是个生活在美国的中国人,他打算去考个驾照,但因为在异国他乡,心里不免有点忐忑。经过一番折腾,总算通过了笔试,接下来就是路考。

负责李雨路考的,是一个高高胖胖的考官。开考前,他用英语问李雨:"你愿意我说英语、西班牙语,还是日语或者中文?"

李雨一听,吓了一跳,想不到这胖考官竟会四国语言? 他脑袋瓜一转:既然是在这儿考,当然是说英语了,好在自己英语说得很纯正,和母语也差不到哪里去,没准还可以因此而减少被刁难的机会呢。于是立刻就操起一口流利的英语,和胖考官对话起来。

胖考官要求李雨驾车先在考场里转一圈,随后就将车开到大街上去,在车水马龙的市中心绕圈,最后再回到考场。一整个过程中,李雨自己感觉挺好,于是回到考场后就颇为得意地扭过头,问一直坐在他旁边副驾驶座上的胖考官:"我能通过吗?"

胖考官朝李雨摆摆手,要他等会儿,说他还要计算一下每个项目的分数。

李雨一听,心悬了起来:明摆着自己开得挺好,还要算什么分数呢?谁知道这个胖考官最后会算出什么结果来,这不是故意刁难又是什么?

在等待的那几分钟里,李雨真是如坐针毡,心里七上八下。

突然,胖考官问李雨:"嗨,你是哪里人?"

李雨心想:他大概吃不准我是亚洲哪个国家的吧?于是回答说:"我是中国人。"

胖考官又问:"那你认不认识中文?"

李雨把头点得跟鸡啄米似的:"当然认识!"他心里纳闷:胖考官问这干吗呢?

李雨正疑惑间,只见胖考官从上衣口袋里掏出一堆印章,放在厚厚的手掌心里,一个一个仔细地挑选。拿起一个看看,放回口袋;再拿起一个看看,又放回口袋。

李雨不由凑上去,正好看到胖考官把一个上面刻着"Pass"的印章收进口袋。要知道,"Pass"就是通过呀!李雨脑袋里"轰"一声,心直叫:坏了坏了,这次通不过了!

想到下次还要再考,李雨的情绪真是糟透了,顿时,一股怨气直冲脑门,他冲口骂了声:"死白人,臭白人,有种你去咱中国的马路上开车试……"

谁知他话音未落,胖考官脸上突然露出了惊喜之色,抓起掌心里的一枚印章,就朝李雨的路考测验单上盖了下去。李雨定睛一看,几乎不相信自己的眼睛,原来上面是两个大大的汉字:成功。

李雨不由激动起来，拿下墨镜，睁眼再看，天呀！还真是两个端端正正的楷体汉字。

刚才还绷着脸不发一语的胖考官，这时笑眯眯地对李雨说："这个印章不错吧？是我到西雅图旅游时带回来的，我还买了西班牙文和日文的哦！"

李雨顿时就愣在了那里，不知道是该为自己通过路考高兴呢，还是为刚才对胖考官的误会而抱歉。

回到家里，李雨一言不发地把证书拿给妻子看，妻子当场笑倒："没考上，也别去刻个章来安慰自己呀！"

李雨费了半天劲解释，才让妻子相信这个印章是真的。他长长地吁了口气，感慨说："美国人也有很可爱的一面呀！"

（玲 慧）

（题图:安玉民）

你是新生

网上曾经流传过一则诙谐故事,说有一个叫"小四"的新生,刚跨入大学校门,可他就怕被别人看出来,因为觉得新生见嫩,会被老生瞧不起。

一个星期天的下午,他到学校图书馆去,刚进门,管理员就对他说:"是新生吧!"小四挺纳闷:"你咋知道?""嗨!老生谁一开学就来图书馆? 还不是考试那几天才来。"小四一听,心里挺不是味儿。

走出图书馆已经是傍晚五点多了,小四径直往餐厅走去。餐厅门口站着几个刚吃完饭的男生,看到小四就笑:"新生吧!"小四愣了:"你们咋知道?"那几个"嘿嘿"笑道:"老生哪有现在才来吃饭的,不到四点半就来了。""哦!"小四又长了见识。

走进餐厅,买饭的队伍排得长长的,小四赶紧排了上去,没想旁边一个人说:"是新生吧!"小四奇怪了:"你咋知道?""嗨,"那人瞥小四一眼,"老生买饭哪有排队的!""哦!"小四明白了。

小四于是径直走到窗口前,递上饭卡,对师傅说:"我要二两饭。""新生吧!"窗口里的师傅说。小四傻眼了:"你咋知道我是新生?"师傅说:"老生哪有这么啰唆的,说个'二两'就行了。""哦!"小四好像又学了点东西。

小四端着饭碗在饭厅里找了个位子坐下,可屁股还没坐稳,只听旁边又有人说:"新生吧!"真是奇怪,小四心里疑惑,不过嘴上挺硬:"谁说的?""嗨,"旁边那人说,"老生哪有这样规规矩矩坐着吃饭的,得像我这样。"小四转头一看,见那人正一只脚踏在凳子上,真是"坐没坐相"。不过小四还是学起他的样子来,总算有了一点当老生的感觉。

饭吃到一半,小四突然大叫:"饭里有沙子!""新生吧!"小四背后传来一个冷冷的声音。"怎么了?"小四问。那人说:咱们老生只有饭里没沙子的时候才叫。""哦?"小四心里一"咯噔"。

吃完饭,在回宿舍的路上,小四看到公告栏里有一个"老乡会"的活动通知,就停下来仔细看起来,没想旁边又有个声音说:"新生吧!"小四惊讶地朝他眨巴眼睛。那人解释:"老生哪有对这种活动感兴趣的? 积极的还不都是些新生。"

一连串的"新生吧",把小四闹心得要死,回到宿舍他倒头就睡,什么也不想说……第二天早晨,他被一阵闹铃声吵醒,一看时间,都六点四十分了,他赶紧从床上跳起来,收拾收拾,然后去吃早饭。"新生吧!"饭厅里的师傅说。"怎么……""嗨,老生哪有吃早饭的,都是早饭、午饭一起吃的。"

小四一听,赌气地又跑回宿舍去躺下了,可怎么也睡不着。耗到七点五十分,他对自己说:"还是去教室吧,八点二十分上课,还可以预习一下。"于是就又从床上爬了起来。

路上，一个清洁工看到小四笑了："新生吧！""你……你怎么知道？""呵呵，老生哪有这么早去上课的。"小四听了直挠头。

到了教室里，小四挑了个第一排正中的位子，刚坐下，一个正在安装多媒体教学设备的师傅笑着朝他点头："新生吧！"小四不由自主地从座位上跳了起来："你怎么也知道？""嗨，老生哪有抢着坐第一排的！"小四一听挺不自在，于是就去教室最后一排，找了个边上的位子坐下来。

他猛抬头一看，昨儿个的板书还没擦呢，于是就走上去拿起了黑板擦。"新生就是新生！"说话的是刚进来的任课老师，边摇头边感慨，"哎，现在哪有老生擦黑板的！"小四听了老师这话挺郁闷，整节课他一句话也没说。

上午第三、第四节是公选课，换了一个教室，小四心想：这下该不会再有人说我了吧。可没想，上课时老师提了个问题，他正要举手回答，旁边一个睡觉的家伙突然嘴里蹦出一句："新生吧！"小四脸涨得通红：怎么还是被人家看出来了？只听那人说："嗨，老生上课谁会理老师，又不是在点名！"

小四刚想说什么，另一边又响起一个声音："嘿嘿，新生，新生！"小四郁闷得差点跳起来："你们怎么……"那人说："嗨，老生上课不是睡觉就是看 mm，哪有盯着老师看的，又不靓！"

小四心里憋着一股气，下面一节课没上他就走了，去餐厅打了个包，就回宿舍去了。谁知他刚走到宿舍门口，就听到里面传出一个声音，大概是隔壁宿舍来串门的家伙，在问小四的室友："你们窝刚搬来的那个，是新生吧？"小四一听，忍不住冲进去就朝他嚷嚷："谁说的？谁说我是新生？"那人摆出一副老资格的样子，说："看看你的床吧，老生哪有叠被子的！"

小四被他这一说呛得张口结舌……

（推荐者：艾　迪）

（题图：安玉民）

冰海中最后一条义犬

　　加拿大北海岸，是一片冰雪世界。这天，当地名医葛林费尔放飞的信鸽突然回来了，脚上绑着一封信，葛林费尔解下来一看，是一个住在六十多公里之外冰原上的危重病人的家属写来的。葛林费尔不敢耽误，拿起药箱就奔出屋子。

　　屋外有四条狗，一见主人出来，马上就摇头摆尾地围了上来。葛林费尔大吼一声："'贝克'、'汉丝'、'拉脱'、'夏里'，都跟我来！"随后就跳上了雪橇。那四条狗可聪明了，根本不用葛林费尔再吩咐什么，驾起雪橇就带着葛林费尔朝冰原飞奔而去。

　　雪橇在冰原上飞驰，忽然，葛林费尔听到一阵声响，似乎是冰层断裂了，他心里一个"咯噔"，于是赶紧拉开嗓门朝他的四条狗吆喝了一声，意思是要它们赶在浮冰完全断裂之前冲上对岸。

四条狗也似乎察觉到了脚下面临的危险,撒开四蹄拼命地跑。可是已经晚了,就在此时,只听"轰隆"一声响,雪橇连人带狗一齐掉进了冰冷的海水里。情急之下,葛林费尔连忙拔刀割断皮带,带着四条狗一起向就近一块有两张乒乓球桌大小的浮冰游去。

葛林费尔想爬到浮冰上去,可浮冰的边缘很滑,他冻僵的手根本使不上劲,而且他的另一只手还紧紧抓着药箱,所以一次次努力都失败了。

这时,那四条狗像商量好了似的,一齐游到葛林费尔身边,咬住他的外套,拼命将他往浮冰上顶。趁着身子被抬高的一刹那,葛林费尔用力一撑,终于翻到了浮冰上面,他随即又把四条狗也拉了上去。

此时,葛林费尔全身都湿透了,他知道如果不能将衣服迅速烘干,自己就会被活活冻死在冰面上。可这种时候,这种地方,哪有条件烘干衣服呢?万般无奈之下,葛林费尔想到了杀狗。

看着眼前这四条救了自己命的狗,葛林费尔实在下不了手,可除此之外又没有更好的办法,葛林费尔只好痛下决心。他拿出锋利的手术刀,首先把夏里抓在手里,拔出刀子往它身上一插,刀尖直中它的心脏。趁另外三条狗还没来得及做出反应,葛林费尔又抓住拉脱的脖子,手起刀落,把它也杀了。

这时候,剩下的那两条狗,贝克和汉丝,都惊恐地瞪着双眼死死盯住葛林费尔。葛林费尔知道,光是夏里和拉脱两条狗的脂肪,就足够点起一堆火来,但是他的杀戮行为会引起贝克和汉丝的戒备和反抗,如果不将它们一起杀掉,说不定自己的喉咙就会被它们的牙齿咬穿。

葛林费尔看了一眼汉丝,这是一只母狗,它和贝克是最要好的一对,此时,它一定是感到了主人眼中的杀意,立刻龇牙咧嘴地低声咆哮起来。葛林费尔把刀藏在身后,一点一点地靠近汉丝,他知道贝克跟随他的时间最长,感情最深,可能一时还不会攻击他,但汉丝这条母狗的自卫意识是很强的。

果然,没等葛林费尔靠近,汉丝已经朝他扑了过来,他赶紧往旁边一闪,左手夹住汉丝的头,右手对准它的心脏就捅了一刀。这时候,在一边蹲着的贝克猛地跳了起来,但它并没有扑向葛林费尔,只是不停地在浮冰上跳着,仿佛是在躲避葛林费尔,喉咙里还发出一阵阵呜咽声,听上去又悲哀又愤慨。

葛林费尔的眼泪流了下来,他知道,贝克虽然跟自己感情最深,但夏里和拉脱是它的亲兄弟,而汉丝又是它最心爱的母狗,亲眼目睹它们被杀,很难保证它现在不会对葛林费尔生二心。葛林费尔已经别无选择,他握着刀,慢慢朝贝克走去。

贝克是四条狗中最强壮的一条,葛林费尔知道,如果它真要反抗的话,再多几个自己也对付不了它。但这时候贝克只是蹲在那里,朝葛林费尔摇头,身子却一动不动。突然,葛林费尔见它猛一个转身,纵身跳下了冰冷的海水,向大约二十米外的另一块浮冰游去,葛林费尔愣了愣,但马上明白了:贝克不愿被主人杀死,可也不愿反抗主人,所以它唯一的选择只有逃跑。只见它爬上那块浮冰后,抖掉身上的海水,蹲在那里遥望葛林费尔。

看着眼前这一幕,葛林费尔真是心痛如绞。他咬紧牙关,低下头,迅速用刀把夏里、拉脱和汉丝的皮剥下来,把它们身上的脂肪拢在一起,打开药箱,拿出酒精浇在上面,点着了,随后又脱下湿淋淋的衣服,将还有点温热的狗皮往身上一裹,就着燃起的火烤了几块狗肉,半生不熟地吃下去,又割下几块生狗肉,使劲儿扔到贝克那边。可贝克只看了看,就掉头闪开了。

这时一阵大风吹来,葛林费尔感觉脚下的浮冰向外海漂移的速度加快了,他立刻意识到:如果脚下的浮冰离冰原太远,那结果不是慢慢融化就是被汹涌的海浪打碎,那样自己还是会掉进冰冷的海水里被冻死。怎么办?

　　这时候,突然就见贝克猛地向前一蹿,又重新跳入海里,游回到了葛林费尔这里,不过它没有爬到浮冰上来,只是用自己的头顶着浮冰,四条腿在水中猛蹬,向外海漂移的浮冰竟然慢慢向冰原漂了回来。

　　但是很快,葛林费尔就发现贝克的动作渐渐缓慢下来,鼻子和嘴巴冻得发青,他心疼得想伸手把贝克拉上来,但贝克却一摆脑袋躲过了葛林费尔的手。葛林费尔一想,赶紧抓起夏里和汉丝的两根长骨作桨,站在浮冰上奋力划起水来,他知道,只有尽快把脚下的浮冰靠上冰原,贝克才肯上来。

　　在贝克和葛林费尔的共同努力下,浮冰终于靠上了冰原,葛林费尔赶紧将贝克拉上来,抓起药箱,纵身跳上了冰原。

　　葛林费尔把贝克抱在怀里,想用身上的体温去温暖它,但贝克却挣脱了。几乎快要冻僵了的贝克稍稍缓过气后,马上就站起来歪歪扭扭地向远处走去,走了一段路之后,它才转过身来,蹲在那儿远远地望着它的主人。葛林费尔知道一定是贝克对他心怀戒备,生怕他再把它杀了取暖,他心里真是又难过又愧疚。

　　大约过了半个小时,一架沿海岸线巡逻的警用直升机看到浮冰上的火堆,发现了葛林费尔……葛林费尔见到警察的第一句话就是:“快! 快送我去救病人!”

　　由于及时手术,两个小时后,病人终于脱离了危险。当已经疲惫到极点的葛林费尔走出病人家门的时候,一抬头,竟发现贝克蹲在他的面前。

　　惊喜万分的葛林费尔将贝克紧紧搂在怀里,心里真是又激动又感慨,眼泪不由自主地滚滚而下。贝克仿佛看出了葛林费尔的心思,它倚在主人怀里,一边摇动尾巴,一边伸出舌头,舔着主人脸上的泪水……

　　　　　　　　　　　　　　　　　　　　(宝宝贝贝)

　　　　　　　　　　　　　　　　(题图:箭　中)

只值八十元的爱情

傍晚,安然在咖啡吧里倚着椅背,欣赏着落地窗外的风景,突然,她耳边传来一个男人温和的声音:"小姐,我们可以聊聊吗?"安然吓了一跳,抬头一看,触到了一对含笑的眼睛。

安然打量他,高大的身材,配着一张耐看的脸,穿着一身质地良好的休闲衫和长裤,给人的感觉熨帖而清爽。安然一笑:"我的男朋友马上就来了,你还和我聊吗?"

"当然和你聊了,因为你根本就没有男朋友。"那男人大大方方地坐到了安然的面前,肆无忌惮地盯着她说,"我已经注意你很久了,没有女孩在等男朋友时心情会这么懒散。"安然一听,甜甜地笑了,这个男人的精明,让她感到了一种惬意。

就这样,安然认识了一个叫维杰的电脑公司的工程师。

　　他们第二次见面时,维杰的手上捧着一束马蹄莲,用绿色的素纸包着。

　　第三次,维杰约安然去海边散步,海风渐凉,维杰用他宽大的怀抱温暖着安然。说笑间,维杰突然俯下身,为安然细心地系好散开的鞋带,那一刻,安然感动地对自己说:"我一定要和他恋爱。"

　　和维杰恋爱一个月后,他们做爱了。

　　待激情退去,安然伏在维杰的胸膛上问:"维杰,我不是处女,你会爱我吗?"维杰抚着安然凌乱的头发,就像在抚摸一只可爱的小猫:"傻瓜,都什么年代了,还问这么老土的问题,我在乎的是两个人是否相爱。"于是第二天,安然提着自己的行李,搬进了维杰的房子,他们开始了同居生活。

　　同居的日子如饱含雨露的鲜花,美丽动人。每天清晨,当阳光滤过白色的窗幔时,安然就起床了,穿着睡袍和拖鞋去厨房为维杰准备早餐。而维杰起床后总会过来搂住安然的腰,轻轻道:"老婆,你真是这世界上最美丽最勤劳的女人!"每当此时,安然就会感到生活像空气中弥漫的鸡蛋牛奶味,香香的,甜甜的。

　　一天,安然和维杰出去逛街,路过一家时尚小屋时,看到小屋门前挂着一个小小的粉红色牌子:还你处女身,只要八十元。安然嘻嘻笑着说:"听说男人都有处女情结……听说这东西还真不错,跟真的一样。"维杰认真地说:"我没有处女情结,你不用补偿;再说,不是处女没什么可耻,拿假的东西骗人才可恨!"安然听了好感动,像小猫一样把脑袋使劲往维杰怀里钻:"维杰,你真是世界上最伟大的男人,我一定会爱你一辈子。"

　　那年秋天,维杰被公司派往武汉工作。他走后,偌大的房子里就只剩下安然一个人,她每天都数着离维杰的归期还有几天。

　　最初,维杰每天都会打电话给安然,但后来,他开始时常说着说着就要把电话挂了。安然觉得奇怪,问维杰什么原因,维杰说可能是因为工作太忙,说着话就忍不住要瞌睡。安然听了很心疼,嘱咐维杰一定要多注意休息。

有一次,维杰给安然打电话来,可是才说了几句又要挂,安然撒娇说:"维杰,我已经看好一套'水晶之恋'婚纱照,很不错的,还有很多优惠服务呢,等你回来了,我们就去拍吧?"可是维杰只在电话那头淡淡地"哦"了一声。

维杰对拍婚纱照如此淡漠,这让安然心里感到了不安。起初,安然还怀疑是不是自己有点神经质,可当终于把维杰盼回来了,她立刻发现维杰面对她的时候,眼神始终是闪烁不定的。直觉告诉安然,维杰有事瞒着她。

就在维杰回家一个星期之后,这天,突然来了一个女孩,维杰一见她脸就"刷"地白了。安然心里一个"咯噔",冷冷地看着他们,说:"你们谈吧,我出去一下。"

下楼时,安然已经虚脱得无法自制。出了楼门,她来到小区花园里坐下,回想着那个女孩的样子:细细柔柔的身子,小巧如玉的脸上梨花带雨,是那么凄怨无助……

正在这时,安然忽然看见维杰发疯般的抱着那个女孩从楼门里冲出来。安然跑上去一看,那女孩的手腕上竟有大片的血。天,这女孩居然割腕自杀?安然惊呆了。

维杰拦了一辆车,把女孩送去了医院。后来女孩被抢救过来了,安然去看她,只见她脸色苍白,正静静地在打点滴。

安然和维杰走出病房,维杰垂下头,给安然说了他们的故事。那女孩叫紫竹,维杰在武汉的时候,他们在同一幢楼里上班,电梯里相遇多了,就成了一起喝茶聊天的朋友。再后来,有一个晚上,两人相约在一起喝了很多的酒,于是就发生了不该发生的事。

安然流着泪,几乎是吼着问维杰:"你现在准备怎么办?要她,还是要我?"维杰不敢看安然,眼睛望着别处,说:"我准备……和她结婚。"安然一听,发疯般揪住维杰的衣领:"为什么?你说呀,为什么不要我要她?"维杰说:"安然,你比她坚强,没有我,你还可以活下去,可她不行,她太柔弱了,我如果放弃她,她就会变成一具死尸。""你是说,她可以为你去死吗? 我告诉你,我也可以!"安然说着,迅速拉开皮包,从里面掏出一把锋利的小刀,朝自己手腕上划去……

但是,安然拿刀的手被维杰捏住了。维杰红着眼睛,痛苦地说:"安然,你何必这样呢? 紫竹和你不一样,她跟我的时候是个处女,我一个大男人,总不能辜负一个清清白白的女孩吧?"刹那间,安然的头"轰"地一下晕了,手里的小刀"叮当"一声掉到地上。

安然回过神来,狠狠扇了维杰一个耳光:"你不是说你没有处女情结吗? 其实在你的心里,处女是高贵的,更需要怜惜,而我就活该遭你抛弃,对不对?"说完,她抹去眼泪,义无反顾地走了。为这样的男人自杀,不值!

维杰和紫竹的婚礼在一个月后举行,那天安然独自跑到酒吧去买醉,想到这个时候维杰和紫竹正甜甜蜜蜜地依偎在一起,她一边大口大口朝自己肚子里灌酒,一边忍不住破口大骂,骂男人混蛋、伪君子、骗子。此时,酒吧里所有的男人都望着安然,惊奇的、戏谑的、暧昧的,什么眼神都有,那一刻,安然觉得自己就像残花败柳一般……

几个月后,有一天,安然去超市买东西,没想竟遇上了维杰和他的妻子紫竹,他们在选购婴儿用品。维杰见了安然,脸色讪讪的,一旁的紫竹微微有点发胖,偎着维杰,一脸都是幸福的笑:"我怀孕了,宝宝快三个月了。"

维杰去收银台的时候,紫竹告诉安然:"维杰是个好丈夫,我怀孕以后,他不许我做一点家务,每天早晨,他都要为我做早餐,还说要保证我和宝宝的营养……"安然听了心头一阵痛:为了这个紫竹,维杰在重复着我以前为他所做的一切!

这次见面后不久的一个深夜,一阵尖厉的电话铃声突然把安然惊醒,她抓起话筒,里面传来维杰惊慌的声音:"安然,快过来啊,紫竹怕是要流产。"

安然一惊,穿起衣服就冲到楼下去打车。一路上,她心如乱麻,对自己说:你不是恨他们吗?为什么听说他们有事,会这么紧张?

紫竹被送到了医院,在病房外的走廊上,维杰烦躁地抽着烟,来来回回地走着、埋怨着:"都怪我,不该让她为我冲咖啡。她怀孕了,怎么能去冲咖啡呢?"看到维杰对紫竹这么心疼的样子,安然恨不得冲上去朝他喊:紫竹不过是怀孕而已,连冲个咖啡都不可以吗?你用刀子把我扎得心头淌血,怎么反倒像个没事人似的?但安然嘴上却安慰维杰说:"放心吧,有那么好的医生,紫竹不会有事的。"

一会儿,医生出来,说胎儿保住了,维杰听了长长地松了口气。

突然,医生皱着眉头责备维杰说:"你们男人总是不懂怜惜妻子,她到底做了多少次人流啊?子宫壁薄得都几乎没有能力保护胎儿了。"医生这话如同一声炸雷,安然和维杰同时呆住了,尤其是维杰,眼神呆呆地,一句话都说不出来。

走出医院时,浓浓夜色中,安然真想大笑,可却更想放声大哭,想起当初和维杰走过时尚小屋时看到的那块粉红色小牌,"还你处女身,只要八十元",精明的紫竹只用八十元,就毁了自己和维杰的一切,她不禁心里直感慨:原来,爱情有时脆弱得只值八十元……

（推荐者:同　同）

（题图:箭　中）

九月薄荷香

　　莫朴树和倪小麦第一次见面是在上海,进大学后的开学典礼上,那是九月的一天,上海的九月常常是阳光灿烂的。

　　当时,莫朴树和倪小麦都被邀坐在台上,他们分别要代表男女新生发言。在校长讲话的时候,莫朴树不经意间转过头,正好看到梳着马尾的倪小麦在吃薄荷糖,莫朴树心想:这个时候还吃糖?真有些说不过去。轮到莫朴树发言的时候,他紧张得腿肚子差点抽筋,他是照着稿子念的,可人家倪小麦是空着手上去的,侃侃而谈,赢得了全场热烈的掌声,这不由莫朴树不对倪小麦刮目相看。

　　巧的是,开学后不久,莫朴树和倪小麦同时被自己班里的同学推选进了学生会。莫朴树很快就发现,他每回见到倪小麦,倪小麦总在吃薄荷糖,倪小麦笑着对莫朴树说:"我小时候老蛀牙,所以,要想口气清新,就得吃薄荷糖。"说着,她孩子般的张开嘴,龇着牙,"你看,我一口龅牙长得多难看,我妈说将来没有男孩子会喜欢我这种牙的。"

莫朴树一听笑了,说:"从前有个漂亮的演员,也是一口龅牙,但她后来却成了国际影星。你也不要灰心,总会有人喜欢你的。"莫朴树还想说一句"比如我",但话到嘴边却没好意思说出来。

莫朴树在开学典礼那会儿就喜欢上了倪小麦,其实倪小麦也喜欢莫朴树,尤其是看到莫朴树在发言时的那紧张样儿。可让倪小麦失望的是,有一次,她故意告诉莫朴树说,班里有个男生在追她,谁想莫朴树听了居然无动于衷,这让倪小麦很伤心。倪小麦问自己:我是不是太自作多情了?所以倪小麦经常会在莫朴树面前吃薄荷糖,这是她的一个下意识动作,无论是开心还是无聊或沮丧的时候,她感觉吃着薄荷糖,就像吹着凉爽的风一样。

大四的时候,倪小麦有了一个男友,是外文系的男生,学西班牙语。那天晚上,倪小麦从图书馆出来,在路上遇到莫朴树,就说:"我有男朋友了,学西班牙语的!"那样子,有点张扬,因为她其实是想以此来气气莫朴树。

莫朴树感觉出了倪小麦的"挑衅",笑着回应说:"也请你祝贺我啊,我也有女朋友了!"其实,莫朴树这话是假的,他心里真正想的是:我哪里配得上倪小麦呢?人家倪小麦的父母都是城里的大学教授,而自己父母却是小县城里的工人。倪小麦将来是应该过优裕而舒适的生活的,自己哪里能给她这一切。

那年七月,他们要毕业了,莫朴树送给倪小麦一盒价格不菲的薄荷糖。

倪小麦伤感地说:"再多的薄荷糖,总有吃完的时候。"

莫朴树听了心里一动，沉吟片刻说："等你长大了，大概就不会吃糖了。"

那天，莫朴树要回家乡了，倪小麦来送他。

上火车的时候，莫朴树问："倪小麦，西班牙语的'再见'怎么说？用西班牙语说吧，否则我怕自己会流泪的。"

倪小麦轻轻说了声"Tea'mo"，继而又一连声地说了很多遍"Tea'mo"。

莫朴树虽然没有学过西班牙语，但他一下子就记住了它的发音。火车开动的时候，倪小麦在车后边追着，大声地喊："Tea'mo！Tea'mo！"坐在火车上的莫朴树眼泪到底落下来了，他没有想到"再见"这个词，用任何语言说出来都会令他这么黯然神伤。

莫朴树回家乡后就当了一名中学老师，往日在上海读大学时的风花雪月像梦一样过去了，眼下虽然也有女孩子追求他，但他却一再地拒绝着。

三年之后，莫朴树依然一个人，却多了一个习惯：喜欢买薄荷糖。其实他买来并不吃，只是喜欢薄荷那淡淡的气味，苦涩冰凉，他觉得就像他对倪小麦的暗恋一样。有时，莫朴树甚至也怀疑自己，是不是真的爱过那个爱吃薄荷糖的姑娘，答案是"是的"。他是爱过，不然他屋里怎么会有薄荷香呢？

后来，莫朴树所在的这个小城，因为旅游渐渐热闹了起来，依着小桥流水还开出了"洋人一条街"，莫朴树偶尔也去那里坐坐。记得在大学里时，莫朴树有一次曾对倪小麦说过，要带她来老家看看，没想这成了一句空话。听说倪小麦男朋友的父亲是出使某国的大使，她男朋友又是学外语的，多半毕业了也会干这一行，说不定倪小麦现在就已经随着她丈夫出国去了，哪还会看上这里的小城？

又过了不久，听说洋人街上开出一家西班牙酒吧，圣诞节的时候,莫朴树便去了那里。酒吧里人不多,有几个西班牙人正在那里喝酒,莫朴树要了一杯红葡萄酒,也在那里坐了下来,大家彼此互祝圣诞节快乐,气氛十分热烈。

离开酒吧的时候,莫朴树不由自主地回头向那几个西班牙人说了声:"Tea'mo!"当初倪小麦在火车站送他时说的"再见"这个词儿,他还清清楚楚地印在脑海里。

可谁知这几个西班牙人竟哈哈大笑起来,其中有个懂中文的竟走过来拍拍莫朴树的肩说:"你同性恋啊?"

莫朴树觉得莫名其妙,眼一瞪:"你胡说什么?"

那人说:"你才胡说呢,你干吗和我们男人说'我爱你'?"

莫朴树一听就傻了:"'Tea'mo'是'我爱你'?"

"是啊,"那人耸耸肩,朝莫朴树点点头,"就是这个意思啊!"

莫朴树激动地问:"那……'再见',你们怎么说?"

"'再见'?"那人嘴一张,吐出一个词来,莫朴树一听,完全是和"我爱你"不相同的发音。他想起那天倪小麦在火车站送他,一边哭一边追着火车喊"Tea'mo",其实喊的是"我爱你"呀!

莫朴树觉得整个天都要塌下来了,面对爱情,他是多傻的一个傻子啊,如果是今天,他宁肯当着倪小麦的面说出"我爱你"而被拒绝,也不愿意像现在这样让岁月慢慢把思念变成苦酒独饮……顿时,他眼中的泪水滚滚而下。

莫朴树向学校递了辞职报告,他说:"我要去找一个人,即使天涯海角,我也要找到她。"

莫朴树买了很多薄荷糖。只是,那个爱吃薄荷糖的姑娘,她现在在哪里呢?

其实,这个时候倪小麦正在北京一家外企做白领。她没有去国外,当初所以答应那个男孩的追求,不过是想让莫朴树嫉妒一下而已,既然目的没有达到,戏也就没有再演下去的必要了。那天,倪小麦追着火车这么喊,她是真想跳上去和莫朴树一起走,不管什么户口,不管莫朴树到底爱不爱自己。可最终,倪小麦还是舍不下自尊,她想:莫朴树要是爱自己早就说了,怕是嫌自己这一口龅牙吧?

这以后,倪小麦的老妈屡次让倪小麦去相亲,不是"海归"的硕士、博士,就是有带"长"字家的公子,可倪小麦都拒绝了,推说自己长着一口龅牙,什么时候治好了牙再说。

过一段日子后,倪小麦果真去治牙了,几经矫正以后,再站在镜子面前时,倪小麦悄悄对自己说:"莫朴树现在要看到了,还能不能认出我来?过了这么久,他大概也结婚了吧?"

这么一想,倪小麦就千方百计把电话打到莫朴树的老家,可人家告诉她,莫朴树一年前就辞职走了。倪小麦心里叹一声:这大概就是没有缘分吧?

转眼又是九月,上海的一个同学要出国,打电话给倪小麦,让她过去聚聚。倪小麦立刻答应了,因为想去看看母校的校园,很多年前的九月,她嚼着一块薄荷糖,然后把另一块薄荷糖递给了一个穿白衬衣的男生,那男生羞涩的笑脸好像就在眼前。

那天,在上海同学的家里,分别多年的同窗好友相逢了,老同学中大部分都结婚了,莫朴树进来时,看到倪小麦手上抱着一个孩子。

仿佛过了一个世纪那么漫长,倪小麦抱着孩子朝莫朴树走去,声音颤抖地对孩子说:"乖,叫舅舅。"

莫朴树笑着接过孩子,感慨一声:"时光真快,转眼孩子都这么大了!"

倪小麦朝他笑了笑,莫朴树不由一愣,诧异道:"怎么变得这么漂亮了?从前那些小龅牙也挺好看啊!"

倪小麦愣了:"真的吗?早知这样,我就不去校了。"

这时孩子突然哭了起来,当初班里被称作"百灵鸟"的一个女生赶紧过来抱孩子,莫朴树吃惊地看着倪小麦:"不是你的?"

倪小麦苦笑笑,说:"我没有男朋友,哪来的孩子? 你以为人人都和你一样早婚?"

"谁早婚了?"莫朴树狂喜地反驳她,"我从来没有恋爱过,哪来的早婚?"

两个人立刻就哭得稀里哗啦了。

片刻后,他们手拉着手,避开喧闹的同学,来到阳台上。

莫朴树说:"你是个傻姑娘。"

倪小麦说:"你是个傻小子。"

"你傻!"

"你傻!"

倪小麦把手伸到莫朴树暖暖的口袋里,摸到了一把薄荷糖,她惊奇地问:"怎么,你也爱吃薄荷糖了?"

莫朴树说:"你从来不知道吧? 我其实不吃任何糖,因为一吃就牙疼。但有一个女孩爱吃薄荷糖,我想,早晚有一天我会再见到她,所以就总买。这些都是我给她买的,而且,我还要给她买一辈子……"

(作者:雪小禅;推荐者:刘智豪)

(题图:魏忠善)

同居一室

　　她是我大学同学,我们谈了三年恋爱,结婚后又在一起过了三年。可现在日子实在过不下去了,离婚对我们来说,是最明智的选择,反正也没小孩拖累。我说出"离婚"这两个字后的第二天,我们就去民政局把这事给办了。

　　手续是办了,可在她还没找到新住所之前,我们还得住一起。这连我自己想想都觉得搞笑:谈恋爱的时候,我们特纯洁,同居这样的事情,压根儿连想都不敢想;可没想现在离婚了,倒赶了趟同居的新潮。不过一室一厅的房子,两个不再是夫妻的男女住在一起,特别扭。

　　第一个晚上,我睡沙发,这一夜睡得真舒坦,没有人在耳边唠叨,真美! 只是,如果那沙发是布的就好了,这木头沙发让我在清晨醒来的时候,脖子有点酸。

　　走到洗手间门口,我听见里面有"哗啦啦"的水声。这个臭女人,不知道从什么时候养成的坏习惯,晚上睡觉前洗澡,早上起床后还要洗澡! 算了算了,反正也已经习惯了,我顺手拉门就闯了进去。可是,我刚掀起马桶盖准备方便,没想她竟然"哇"地一声狂叫起来。大清早的,也不至于见鬼了啊,叫什么叫? 吓得我把尿都憋了回去。

　　"你没见我在洗澡吗? 你是不是男人啊? 有男人在女人洗澡的时候进来解手的吗?"她掀开浴帘,一只手用浴巾裹着身子,一只手指着我的鼻子大声训斥。

　　我当然不会买她的账:"你叫什么叫啊? 咱们之间不是还隔着浴帘吗? 我能看到你什么了? 又不是第一次你洗澡的时候我进来解手,至于这么夸张吗? 再说了,就你那身子,我都看了三年了,闭上眼睛都知道是什么样儿,值得我现在来偷窥吗?"

　　"你⋯⋯"她被我这番话呛得张口结舌,立刻裹着浴巾从浴缸里跳出来,一路狂奔跑出浴室,接着就听到卧室的门"砰"一声关上了。

　　我心里骂了一声:"泼妇! 就你这臭脾气,看以后谁还敢要你?"解完手,我想去卧室的衣橱里拿衣服,谁知这死女人竟将卧室门给锁上了,我敲了半天,里面总算回了一句:"我在穿衣服!""唉,算了,反正离婚了,让让她吧。"我在心里对自己说。

　　半小时后,她才从卧室里出来,看上去唇红肤白的,衣服也穿得光鲜,可惜临出门时她回头狠狠瞪了我一眼,原本在我眼里的美好形象,全被她这一瞪毁坏了。

　　一整天,我都没有好心情。这天下班后,我不想回家,在大街上胡乱溜达着消磨时间,虽然感觉无聊,可总比看她那张脸要好吧? 就这样一直呆到晚上九点,我在街角吃了碗面,看看再也没处逛了,只好回去。

一进门，我发现她老人家在客厅里坐着，看见我，竟然微笑着朝我点点头。我迟疑地在她面前坐下，天！她竟然给我沏了一杯茶。

"今天呢，我仔细想了一下，咱们现在不是夫妻了，虽然我现在是借你的房子住，但是为了避免这一个月里出现不必要的尴尬和误会，我们还是约法三章比较好。"她拿出一张纸，在我眼前晃了晃，"你看看，要是没什么意见，就签个名，咱们一人一份。"

我把纸拿过来一看：第一条：在一方使用洗手间的时候，另一方不得以任何借口进入；第二条：一方不得以任何借口接触另一方的身体；第三条……我数了数，纸上竟然有二十六条之多。

"没意见，就请签字。"她连钢笔都准备好了。

这算搞的什么清规戒律？我本来想冲她发火的，但是想想也没必要，反正最多也就一个月的时间，忍忍也就过去了。于是冷眼看了一眼她之后，我就拿笔签下了我的大名。

她似乎很高兴，想了想，说："作为回报，在我们共同生活期间，我还继续给你做饭吃。"

你以为做饭给我吃，我就会感你的恩？美去吧你！哼，我就要让你看看，一个月不吃你做的饭，我会不会饿死。所以每天下班后我总在街上晃悠，找地方吃饭。不过话说回来，晃悠时闻到别人家的饭香，我心里就不由会想到她。

我很快就习惯了这种约法三章的日子，一个星期下来倒也相安无事。

这天，我在街上一家小饭馆吃了晚饭后回去，进门时她刚好准备出去。"出去啊？"我装着随口问了声，其实我不希望她这么晚了出去，而且身上还喷了香水。

"是啊，阿铃说介绍一个朋友给我认识。你看看我今天刚买的这身衣服，还不错吧？"她站在门口镜子前，上下端详着自己。

"是啊，是不错，钓傻冒最适合了。"傻子都能听出来，我这说的不是好话。

"你?"她脸上又浮现出厌恶我的表情了,不过很快就又浅笑盈盈,"是啊,反正我现在是单身了,就算是钓傻冒,我也有这个权利啊,总会有珍惜我的人出现。嘿嘿,你也老大不小的了,也该考虑考虑自己的幸福了。"她吊着眉毛看着我。

我当然不客气地回她:"那我祝你今晚碰到一个大傻子!要是人家送你一幢别墅,到时候也借我住两天。"

"哟,说话怎么这么酸啊?你不会是看我出去约会,吃醋了吧?"她说完,哈哈大笑起来。

不知怎么,我心里突然就有些火,我对她说:"走吧走吧,别站这碍我的眼!"我随手就给她拉开了门。她斜着眼睛瞄瞄我,随后就往门外走。出门后,还回头对我"哼"了一下。

我"砰"地就在她身后把门关上了。随后,我坐在客厅里看球赛,可奇怪的是,怎么心里总觉得烦?难道我真吃醋了吗?要知道,和她离婚可是我主动提出的。

大概过了两个小时,她回来了,走过客厅的时候,我偷偷瞥了她一眼,发现她的脸色很差,进卧室之后就再也没有出来,连澡都没有出来洗。她心情不好,我却心情好了起来:嘿嘿,活该你出去!我乐颠颠地把被子往沙发上一铺,哈,睡觉了。

可是半夜,我突然被她的一声尖叫惊醒,刚想起来看看什么情况,就见她从卧室里冲出来,扑到我面前,搂着我的脖子直发抖。"怎么了?"我拍拍她的背问。"蟑螂……"她惊恐万状地说。

我一听她说"蟑螂"两个字就明白了。这个女人虽然对我很凶悍,但是天生害怕蟑螂、老鼠和猫、狗什么的,这些东西只要一出现,她就会吓得尖声大叫,浑身颤抖,我不由赶紧像以前一样安慰她:"乖,别怕。"

我把她在沙发上安顿好,随后就走进现在属于她的卧室去看看,可看了半天也没发现什么,只得出来,刚在沙发上坐下,她就又将我的脖子搂住了。

"打死了吗?"她脸上还挂着刚才被吓出的眼泪,但在夜晚从窗外投射进来的淡淡的月光映照下,她此时却给了我一种梨花带雨的感觉。我安慰说:"好了,蟑螂已经被我打死了。别怕,你回去放心睡觉吧,明天还要上班呢。"我故意不对她说实话,要不她肯定会逼着我再继续找下去,那今晚我就别指望再睡觉了。

可她不知道是看穿了我心思呢,还是不相信我的话,反正就说:"我害怕,我不回去睡。"

我一看她这个样子,突然就想起她昨晚出去和人家约会的事,立刻脱口道:"你忘了我们已经不是夫妻了?你破坏了我们约法三章中的第二条,你首先接触我的身体了。"我语气冷淡地说,"哼,你晚上出去钓傻子,现在看到蟑螂就想起我来了?"

她听到我这么说,突然就呆了一下,然后咬着嘴唇说了声"对不起",就一头跳下沙发跑回卧室,然后"砰"一声关上了门。看着她那背影,我呆坐半晌,给了自己一个大嘴巴。

我睡在沙发上,一点困意都没有,隐约中,从卧室里传出她哭泣的声音。进去还是不进去?我犹豫着。不过,我很快就又给了自己一个大嘴巴:是男人,就该进去。

推开卧室的门,我看到她伏在床上哭,便走上去轻声问她:"到底怎么了?"说实话,看到她满脸的泪水,我心里真是好疼。

"你进来做什么?我们不是离婚了吗?我不稀罕你来关心我!你给我出去!"她冲我歇斯底里地叫,还拿枕头来砸我。

我的心彻底软了:"对不起,刚才是我说错话了,原谅我好吗?"我不管她到底是因为什么,此时一把将她抱在怀里,轻轻地吻她脸上的泪水,她不再对我咆哮了,搂着我的脖子一边哭一边给我说她昨晚不开心的事。原来,她那个姐妹阿铃给她介绍的,是一个台湾老头子,坐下来没多久就开始动手动脚,阿铃竟然还劝她:"反正你是离过婚的人了,将就着跟了这个老头子算了。"

她哭着问我:"我离婚了,是不是就比别人矮一截了? 我们为什么要离婚?"她一边说,一边还使劲掐我的脖子。

我没有办法回答她这个问题,因为我自己也不知道答案。虽然此时我的脖子被她掐得好痛,可我想:掐就掐吧,反正又掐不死,以后不住一起了,想被她掐都没机会了……

后来,我一觉醒来的时候,发现太阳已经照进半个卧室了,我低头一看,自己还抱着她,她还搂着我的脖子。我不敢动,怕惊了她的梦。我好像已经很多年没有这样的感觉了,以前两个人在一起的时间越久,清晨醒来反而就越没感觉。想想那时,我们几乎都是在匆忙中醒来,一边彼此抱怨对方,一边收拾东西赶着上班。我们为什么会走到今天这一步? 到底是因为什么?

这时候,她也醒了,醒来后忽然意识到了什么,立刻松开手,脸上显出一抹羞涩我当然也只好赶紧下床。

"昨天晚上……"她说。

"昨天晚上没什么,快起来洗漱吧,要不上班迟到了。"我说。

有了这一晚之后,我感觉我和她之间的关系发生了微妙的变化。这天下班回去的路上,我看到有卖海棠糕的,立刻就想起这是她家乡的特产,随手就买了点。只是买完之后,我不知道自己是现在就回家,还是像从前一样先晃悠着找家饭馆吃晚饭。

卖海棠糕的小贩分外热情,我都已经走出五六步了,他还在后面关照我说:"先生啊,这个东西新鲜的时候最好吃,时间长了,口味就不一样了。"

是他的这个叮嘱,让我立刻就决定回去。

一进门,我看到她在做饭,"嗯……我给你买了海棠糕,回来路上刚好看到的。"我对在厨房里忙碌的她支支吾吾地说。她很开心地拿起一块就吃了起来,对我说:"快去洗手吧,可以吃饭了。"

看着她烧好了的一桌子饭菜,我心里酸酸的。数数日子,我在外面混饭吃已经有二十多天了,此刻,从桌上飘出的味儿真香!

"这个菜挺新鲜的,吃一块。"她看我愣在那里,就给我夹了一筷子,"你最近瘦得厉害,以后别在外面吃了,又贵又没营养,还是回来吃吧!"

就这样,我们两人这晚吃了一顿好久没在一起吃的饭。

吃完后,我抢着收拾,她说:"算了,结婚多久也没见你收拾过,还是我来吧!"

"我……"

"没事,我收拾惯了,你看电视去吧,我也一会就好了。"

我于是便将碗筷放下来,随后给自己沏了一杯茶,又给她沏了一杯。她果然一会儿就收拾完了,在我身边坐了下来。

我将沏好的茶端给她,又拿起电视机的遥控器,问她:"想看什么节目?"

她"咯咯"笑了起来:"今天怎么这么客气啊?我都不习惯了。"

我不好意思地摸摸头:"我以前,很坏吗?"

"坏?没人说你坏啊,只是懒罢了,咱们都离婚了,你却忘了现在自己的衣服要自己洗。你也不想想,每天的干净衣服是谁给你洗出来的?"

"离婚……是的,我们现在离婚了。"我默然低头,不再言语。

她也陷入了沉默。

那晚,我们坐在一起看了三个小时的电视,没有说话,没有换台。过后,我根本不记得自己到底看了什么。

一个月很快就过去了,这天,她告诉我她已经找好房子,星期天就可以搬家了。不知怎么,我突然觉得自己的心很空很空。

星期六那天,我坐在沙发上看她来来去去地收拾东西,屋子里显得很乱,但我感觉空气却仿佛凝固了一般,我们都没有说话,她会留下么?我心里突然很期盼。我从沙发上跳起来,对她说:"你慢慢收拾,我出去走走。"没等她应声我就出了门。我怕我再待下去,真的要请她留下了。

此时,屋外的天空很蓝很蓝,太阳高高地挂在那儿。我望着头顶这一片蓝天白云,心里直感慨:这多像三年前我和她一起放风筝的那一天啊!我轻轻地问自己:当年的阳光是否同样也温暖过我们呢?一直到傍晚,我还在外面闲逛……

这时候,我的手机响了,一看,是她发来的短信:饭菜已做好,我们最后吃一次饭吧?

我再也忍不住了,赶紧往回跑。走进门,我发现房间里没有开灯,餐桌上点着蜡烛。她果然做了一桌菜,桌上还有一瓶红酒,我还注意到她穿着一条结婚时我给她买的黑色蕾丝裙子。

"结婚三年了,我们都没在一起喝过酒。过了今晚我就走了,我们喝一次好吗?"她一边给我倒酒,一边对我说。

"干!"我举起了杯子。

我们彼此并没有再多说什么。还能说什么呢?再多的话都改变不了明天的结局。我希望自己今天最好喝醉,这样等明天醒来时她已经离开了。对呀,离婚不是我提出来的吗?我不是一直讨厌这个啰唆的女人吗?现在她离开了,我应该高兴啊!以后看球赛,不管多晚都不会再有人在我身边训斥我,老催我睡觉了,那该有多爽啊!到时候我就是不洗脚上床,也没有人嫌我脏了,哈哈!我没有理由不开心啊!

可是,为什么我现在端起酒杯,这酒喝进嘴里却是苦涩的?

她坐在我对面,看着我说:"你的衣服我都整理好放在橱里了,内衣和袜子在床下面的抽屉里。你的胃不好,以后要是非熬夜不可的时候,记得给自己搞点东西吃。冰箱里我买了一些食品,你自己要慢慢学会做饭,不要总在外面吃,还要注意营养,别总是凑合。咱们的存折我放在床头柜里了,里面还有三万多块钱。咱们家每个月的电话费、煤气和水电费都在街角的银行交，就是这个卡，你收好，别到时候找不到。这个月给你父母的钱我已经寄出了，以后你也要记得每个月按时给他们寄，没事多打电话回去，爸妈都挺惦记你的。"

说到这儿，她递给我一张纸条，继续说："我今天给他们打过电话了，你爸爸最近腿上的风湿有点厉害，上次我们给他买的药恐怕快吃完了，这个是药名和地址，你明天记得去买些来，赶紧寄回去。我没告诉他们我们已经离婚了，这事儿你以后想好了自己和他们说，不管你爸爸说你什么，你可都不要让他老人家生气。沙发上那两件毛衣，是我给你爸妈买的，你明天把药买来了，一起寄回去。"

她在一样一样地交代着，我希望我每件都能记住，却又希望什么都不要记得。我突然感觉自己很白痴，我在这个家里生活了三年，但是此刻却感到非常陌生。我开始害怕，我不知道我一个人是否有能力继续生活下去。

"这是咱们结婚时你妈给我的戒指，是你们传家的东西，我不带走了，你以后就替我向你妈妈说声'对不起'。"一枚碧绿色的翡翠戒指被放在了我的面前，它在灯光下好亮好亮，亮得让我的眼睛开始刺痛。

她说："我带走的东西，都是按照我们离婚时候协商好的，一样也没有多拿。"随后她站起身来，朝房间里四下看了看，笑着问我，"你有什么不明白的要问我吗？"

我还有什么要问呢？我什么都不知道，我只知道在我最想她留下来的时候，她却要走了。她一直说我不像个男人，我一直觉得这是她对我的侮辱，可现在终于明白，我的确不是一个男人，我像一个孩子，一直在肆意挥霍着她给我带来的幸福和安定。

"要是没什么问的话，那我们就休息吧，今晚你睡卧室，我睡沙发,明天一早搬家公司的师傅就要来,可以少打搅你点。"

我不知道自己到底该怎么做,只是木然地点头,走进卧室,关上了门。

我看了一夜的天花板。清晨,阳光照进来的时候,我听到师傅们的敲门声,听到师傅们开始搬东西的声音,还听到她叫师傅"轻点、轻点"的声音。只是,我听不到自己的心跳声……

最后,她敲了敲卧室的门,我没动。

"我走了,以后你就好好自己照顾自己。"她没有进来,隔着门说,声音显得很轻。

随后,她走了,再没有任何声音了……

为什么我们要离婚?为什么我们要离婚?

"有空记得回来玩啊!"这是邻居的声音。

"你还是不是男人?"一个声音在我心里直吼,"是男人,你现在就去追她回来,还来得及!"我立即翻身下床,跑到窗台前,对着楼下的她直喊:"等一下,先别走!"随即,我冲下了楼,我要做一个男人!

她站在搬场车边,微笑地看着我,半晌,轻轻地说:"谢谢你下来送我。"我看到,她的眼角有泪。

"你走了,我怎么办?"我抓住她的胳膊,问她。

她看着我说:"我们已经离婚了。"

"我现在不要你走,我不能没有你。"我对着自己吼,对着她苦苦哀求。

"离婚是你说的。"

"我知道自己错了,求你原谅我一次,好不好?我求你了!"

"你是男人,怎么可以在这么多人面前哭?"她用手给我擦眼泪,她的手好冷。

我对她说:"只要你回来,我不要做男人!"

她沉默了片刻,说:"我们在一起的时间不算短了,可结婚后,你就没再关心过我,没问过我要什么,没问过我想什么。我对你说话,你觉得唠叨;我要你安心家庭,你说我生活没有情趣。你知道吗? 和你生活在一起,我也觉得很累。我是爱你,但是你知道吗,这份爱我维持得好辛苦!"

"对不起,再给我一次机会,让我们重新来过,好不好? 我错过了很多次,我不想再继续错下去。你是爱我的,爱我就不要走,好不好?"我心里好痛,为什么我要到最后才说出这样的话?

她固执地摇头:"我们离婚了。你要我回来,除非你再次向我求婚。"

我一听,立刻紧紧抓住她的手说:"好,我就再次向你求婚,我求你再次嫁给我!"

"求婚要有玫瑰,要有戒指,你有吗?"

玫瑰! 戒指! 天啊,我现在到哪里去找?

邻居大爷早就在旁边悄悄支耳听着了,这时赶紧跑上来说:"我们家二丫头昨晚刚收到一束玫瑰,傻小子,快跟我去拿。"

被邻居大爷这么一点拨,我立刻想起昨晚她还给我的那个翡翠戒指。

我赶紧跟邻居大爷去他家拿玫瑰,然后就冲上楼,回去拿戒指。可要命的是,我怎么四处翻找,就是找不到。为什么? 为什么上天要如此刁难我? 戒指啊我的翡翠戒指,你到底在哪里?

这时候,她也上楼来了,身后还跟着一大帮看热闹的邻居。我根本就不顾什么脸面不脸面了,一把抓住她,把玫瑰塞进她怀里,说:"我找不到戒指,求你先答应我好不好?"

只见她"扑哧"一声笑了,从手提包里拿出一个黑色的丝绒盒子,慢慢打开,只见一枚闪烁着温润光亮的翡翠戒指端立在那里,"对不起,我好像多拿了一样东西。"她扑到我怀里,笑了起来⋯⋯

(秦　楚　供稿)

(题图:魏忠善)

温柔短信

　　爱情就是这么阴差阳错！小美爱阿鹏，阿鹏却不爱小美；马东爱小美，小美却不爱马东。

　　这天上午，阿鹏约见小美，说小美不温柔，缺少女人味，正式拒绝了她，小美哭得昏天暗地。作为报复，小美在中午约见马东，正式向他摊牌，马东也哭得一塌糊涂。

　　看到马东一副要去寻短见的样子，小美是三分同情七分开心。谁让阿鹏踹了自己呢，小美不痛快，她也不想让别人痛快。

　　晚上，小美选了一家高档酒吧，要了一瓶干红，点了几道精致的点心，就大吃特吃起来。有的女人遇到不开心的时候，喜欢狂购衣服和化妆品来调剂心情，而小美只要端起心爱的干红，嚼着美味的奶酪，烦恼就抛到了九霄云外。

可是小美突然发现,马路对面快餐店落地窗后面的那个家伙,很像阿鹏。再一细瞧,不是他是谁呀!令小美不能忍受的是,阿鹏正和一个穿牛仔服的美眉坐在一起。瞧他们两个亲亲密密的样子,小美真是气得牙关发痒。

就在这时,小美的手机响了,一看号码,是马东打来的,她不想接。马东也知趣,见小美不接,就把电话挂了。

但是随后,马东给小美发来一条短信:其实我知道一切已无可能,可我还是想听听你的声音。小美没好气地骂了他一句:"傻瓜!"

看着马路对面快餐店里阿鹏正神采飞扬地在和美眉聊着什么,小美觉得自己喝到嘴里的干红简直比醋还酸。她灵机一动:我何不捉弄捉弄这家伙?于是便拨通了阿鹏的手机。

透过快餐店那扇落地窗,小美看到阿鹏掏出手机一看,脸上显出一副很不耐烦的神情,马上就把电话掐断了。小美也不生气,微微一笑,随即就把马东发给自己的短信转发给了阿鹏。

可是她发现,对面的阿鹏在看到这条短信之后,并没有什么特别的表示。这时,马东又给小美发来了第二条短信:不管明天怎样,只要你幸福,我就别无所求。小美看完冷冷一笑,随手又转发给了阿鹏。

小美真希望阿鹏能给她一个回复,可就是等不来。而那边马东呢,紧接着又给小美发来了第三条短信:以后的日子,我不能伴你左右,别忘了小心照顾好自己,一如我在。

这条短信很快又出现在了阿鹏的手机上,当然是小美转发给他的,但阿鹏还是没有给小美回复。

马东发给小美的第四条短信,更加动情:我深知你不喜欢我,我不苛求,但假如你需要,我希望你最先将我想起。小美心里说:"亏你马东想得出!"她迅速把这条短信又转给了阿鹏。

这回,阿鹏看短信的认真程度超过了以往任何一次,他身边的那个美眉脸上露出了不解又不耐烦的表情。小美看到后心里很得意:哈哈,阿鹏快顶不住了! 你不是说我不温柔吗? 不是说我没有女人味吗? 哼,我就要让你乖乖地掉进温柔的陷阱。

正在这时,马东的短信竟又来了:最美好的时光莫过于与你相遇,而你给了我此生最深的伤害,从此再没有人能伤我如你。哇,真是写得太煽情了! 小美毫不犹豫地又把它转发给了阿鹏。

这下阿鹏像被功力深厚的武林高手击中了命门似的,对着手机直发呆,浑然忘记身边还有个美眉存在。而那美眉的耐心似乎已经到了极限,只见她从座位上站了起来,冲阿鹏嚷着什么。小美心里可乐了:"你们闹吧! 闹吧!"

可谁想,这时候马东的第六条短信又来了:你在哪里? 要是现在能见面多好! 小美一看,立刻像发射核弹一般将它发射到了阿鹏的手机上。透过那扇落地窗,小美终于看到了令她爽透心的一幕:阿鹏呆呆地盯着手机屏幕发愣,而那个美眉则把一束鲜花摔在了阿鹏脸上……

突然,小美的手机响了,她按下接听键,哇噻,是阿鹏的声音! 只听阿鹏在电话里急促地问:"你在哪里? 我想见到你,立刻!"

可不知怎么,小美却在此时挂断了阿鹏的电话。小美心里很彷徨,她不知道她现在是该去见阿鹏,还是去见马东? 说实话,马东这一连数条短信,让小美很受感动,只是小美害怕:马东这些短信是不是他自己的原创? 或者也是从别人那里批发来的?

(郑　远)

(**题图**:安玉民)

一条鱼的诅咒

　　树木茂密的山间有一口深潭,潭水是暗暗的蓝色,像是望不到底似的。

　　无论是冬天还是夏天,潭水总是那么的寒冷刺骨,而且,无论是干旱时节,还是暴雨倾盆之后,潭里的水也不见退下去一分或是涨上来一分。住在山脚下那些靠樵猎为生的人们,都说这个潭直通大海,深不见底,而潭底则住着龙王的女儿。

　　有个书生,连着几次赶考都名落孙山,不觉有些沮丧,但又心犹不甘,于是一个人收拾了行李,寄居于山间的寺庙,苦读圣贤之书。每天一早,天刚放亮,书生就起床来到后山的潭边,用那终年冰寒刺骨的水洗脸,一洗,头脑就清醒了,吟诵诗书,分外精神。

不久,在潭边读书的书生渐渐发现了一个奇怪的现象,接连几天,只要书生一到潭边,潭里就会浮起一条模样奇怪的鱼来,那鱼一尺来长,身体细薄,通体洁白,仔细看来,那身体竟像是半透明的,几乎可以看见那一根根的鱼刺;更奇的是,书生诵读诗文时,那鱼竟摇头摆尾仿佛听懂了似的。书生确信那白鱼是灵性之物,不禁感慨万分,他数次在科考中落第,自叹天下无知音,不想今日在这深山之中,竟能遇上这样一位知音。

有一次,书生问白鱼:"你可愿天天伴着我?如果愿意,我就把你放到我的房间里去。"书生问完,竟惊奇地看见白鱼在水中微微点头,于是他喜不自禁,跑回寄居的寺庙,向和尚要了一个大瓦罐,回到潭边,看见白鱼仍然在潭边游动,好似在等他,书生于是就把瓦罐沉入水中,让白鱼慢慢游进瓦罐。

白鱼仰头看着书生,眼光中似有无限柔情,书生于是便将瓦罐带回,将白鱼养在房间里,并给它取名"雪儿"。

书生读书时有雪儿相伴,不觉精神大增,吟诗文过目不忘,写文章一气呵成,如有神来之笔,而每到夜里,书生常常会梦见一个美貌非凡的白衣女子,书生认定她就是雪儿,于是就对罐中的雪儿说:"如果你是我梦中的女子,我就娶了你,哎,你就化成女儿模样吧!"雪儿无限柔情地看着他,却没有任何动作。

其实,雪儿是一条在深潭里修炼了几百年的白鱼。那天,她被书生在潭边的诵读诗书之声惊醒,不觉听得如痴如醉,时间一久,竟然爱上了他。可这男欢女爱是修炼的大忌,眼下雪儿正处在修炼的紧要关头,马上就可以幻化成人形,而且幻化也只能在夜色最浓重的时候进行,所以她就没法应书生之邀立即化形。不过,书生说的话已经让她很开心了。

三年后,书生带着白鱼雪儿千里迢迢去京城参加科考,一举而中,随即被皇帝钦点派往某地任知县。

新知县带着白鱼雪儿来到就任之地,还未正式上任,当地的名门富豪就纷纷做东来请,酒楼和烟花之所都是应酬该去的地方。知县起初还不习惯,但就任后渐渐习以为常了,日日美酒,夜夜笙歌,他觉得这才是真正的人生,于是从此就很少回自己的府第,也慢慢地将白鱼雪儿忘了。

却说白鱼雪儿,虽然此时修炼有成,夜夜都能化成人形,但是总不见知县回来,只得无限惆怅地又回到瓦罐中。有几次,雪儿甚至想回到她生活过的寒潭去,但心里却割舍不下知县,只好继续留下来。

没多久,县城最大的妓院里来了一位扬州有名的妓女小粉,知县见了她后如痴如迷,从此夜夜都在那里留宿。花天酒地的生活很快就掏空了知县的身子,在和小粉寻欢作乐之时,他常常觉得力不从心,于是就偷偷地四处寻访名医,药吃了不少,却没什么用。

一天,县城里来了位云游的道人,据说能治各种疑难杂症,知县慌忙让人把他请到府里,自己也从妓院赶了回来。

道人刚在客厅落座,一眼看见瓦罐里的白鱼,十分惊异,就悄悄告诉知县说:"这条白鱼是龙与鲤鱼交配而生,能治百病,比灵芝、人参、鹿茸、雪莲有用多了。"道人随即给知县开了一个方子,叫他用几味药和白鱼一起煮食,包管知县吃了药到病除,身体比以前好上百倍。

一听要将白鱼煮食,知县不免有些踌躇,但最后还是让仆人按道人给的方子配了药,然后吩咐悄悄把瓦罐送进厨房。

一开始,白鱼雪儿听到知县回府的声音可高兴了,她以为知县还记着她,从此回来陪她了。可怜的雪儿,直到一只油腻腻的手伸进瓦罐将她抓住,才明白即将会发生什么。躺在砧板上的雪儿眼睛里流露出无限的悲哀,眼角淌下了一滴红色的泪,她用尽她数百年的修炼,发出了一个惊天动地的诅咒:咒天下所有负心男人不得好死!

……

说话若干若干年后,这天"丁零零"一家公司老总办公桌上的电话铃响了,这老总姓陈,叫陈元,他伸手拿起电话,里面传来的是一个女人凄凉而哀怨的声音:"元,是我……"

陈元不耐烦地说:"你怎么又打电话来了?"

"我求你,你别离开我好吗?"女人在电话里哭了起来,"你说你会娶我的,我为你甚至打掉了肚子里的孩子……"

陈元觉得对方的哭声有点刺耳,厌恶地把听筒放远了一点:"我不是说了吗? 我会给你补偿的,要多少钱,你说。"

听筒里立刻没有了声响,一会儿,才传来犹如厉鬼一般的哭嚎:"陈元,你不得好死!"

没过多久,"丁零零"电话又响了,陈元猛地抓起电话,大声斥责:"叫你别再打来了,没听见吗?"

"元,是我。"电话里是另一个女人带着一点疲惫的声音,"我想好了,我答应你,我们离婚。"

"哦,"陈元脸上露出了满意的笑容,"那好,明天我会联络你的,再见!"

放下电话,陈元不由笑了起来:今天不错,一下子解决了两个拖了很久的问题。他急于这样做,为的是另一个女孩,他认识这女孩没多久,这女孩长得实在太美了,陈元还从来没有看到过这么美丽的女子。

晚上,陈元要宴请几位重要客人吃饭,他驾车来到订座的酒楼,一下车,酒楼经理就迎了出来。陈元是这家酒楼的常客,酒楼里有几间特别的包房,是专为陈元这样的人预备的。

陈元请的客人还没有到,经理坐在包房里陪着陈元喝茶聊天。聊着聊着,经理忽然对陈元说:"今天酒楼刚到一种特别的新货,是鱼,只有一条,价格非常昂贵。"

"哦?"陈元不由起了好奇心,"什么宝贝? 拿来看看!"

　　经理点点头，打了个电话出去，然后就开始给陈元介绍，说吃了这鱼会怎么大补身子云云。"哦?"陈元有点不信，"会有这么厉害?"经理耸耸肩，朝他做了个信不信随你的架势。

　　陈元的脑海里于是就跳出他那个小情人来，如果真像经理刚才所说，那他就不用担心小情人几乎比他年轻一半了。

　　这时候，包房的门被推开了，服务生端着一个玻璃罐走进来，陈元看到罐里有一条鱼在游动，样子有点怪，身体细薄，通体洁白，鱼鳞细密，仔细再看，那身体竟像是半透明的，在灯光下仿佛可以看见它身上的每一根鱼刺。

　　陈元反复看了许久，问经理:"这鱼叫什么名?"

　　"叫寒潭白鱼，听说生长在山上很冷的潭水里，不容易捕捉到的啊!"

　　"好，好!"陈元挥着手说，"寒潭白鱼，好! 就按你说的，把它炖了!"

　　寒潭白鱼下肚，酒宴结束，陈元一边喷着酒气开着车，一边还在回味刚才酒桌上那条寒潭白鱼的鲜美味，鱼肉嫩滑细腻，一点也没有腥味，反而有一种好似植物的清香，在口中久久萦绕不去。好鱼，真是好鱼啊! 当然，它的价格也不菲，就这么一条鱼，却相当人家普通员工两年的收入。

　　陈元兴奋地一路开车直奔他和小情人的秘密爱巢，一直到停车冲进门，才想起小情人这几天被单位派去出差了，立刻就感到沮丧得很，倒在床上就蒙头大睡起来。

　　第二天，陈元没有去上班，而且一连几天公司里都不见他的人影，家人四处找不到他，只好报警。警方几经周折，终于找到了他和小情人的那个秘密住所。

　　警察刚将门打开，一股非常好闻的清香味儿立刻扑鼻而来;再往房间里走，只见卧室的床上好像躺着个人，用被子蒙住了头。警察喊了几声，被子里的人却一点反应也没有。

警察什么场面没经历过？其中一个立刻就走过去掀开了被子的一角。谁想就在这一刹那，那警察竟惊恐地大叫了一声："啊……"

到底发生什么事了？只见很快就赶来了很多警察，把房子包围了，不许任何人进出，随后一具尸体被从房里抬出，抬上警车运走了。

几天后，陈元的妻子被告知，陈元已经死了，但是警方没有让她去看尸体。报上很快就报道了这个全国著名企业家的死讯，但是没说死因，只说是死在家中。这消息立刻引来了大家的热议，陈元妻子也一直都不知道陈元的死因。

其实，除了当天参与破案的警察外，没有人知道那天抬上警车的其实并不是一具尸体，准确地说，那只是一具骨骼，一具没血没肉的骨骼。骨骼包在睡衣中，不，准确地说，是那具骨骼"穿"着睡衣，就像一个人穿着睡衣那样，但骨骼上干干净净，骨骼里没有任何脏器。

经 DNA 化验，这具骨骼正是陈元的，但是谁也猜不透，一夜之间他怎么就成了一具骨骼？或者说，怎么就只剩下了一具骨骼？而且，在他的床上和睡衣上，包括骨骼上，会没有一丁点儿的血肉？

目睹过那具骨骼的人都觉得很恐怖，他们说："那骨骼就像……就像……就像是一条……一条被人吃得干干净净的……鱼。是的，就像是一条被人吃得干干净净的鱼！"

……

（麦　洁）

（**题图**：黄全昌）

致命的一吻

　　阿原是一只狼,是狼妈妈的第十个儿子。

　　这天,妈妈命令他去捕一只羊,于是阿原就全副武装地来到一所红房子外面。这红房子里住的是羊的一家,此刻,红房子的门死死地关着,羊妈妈正寸步不离地守护着她的孩子们。阿原在外面转来转去,想找个机会下手,可他毕竟是第一次独自出来捕羊,没有经验呀,他不知道自己该怎么办。

　　这时,阿原想起了妈妈平时教他"要靠脑子取胜"的话来,眼睛一眨,有了主意,随即从身上带的工具包里翻出一张羊皮,给自己披上。他心中暗喜:我会是一个帅哥哥的,还怕没有羊妹妹喜欢我? 他这么一想,于是就去敲门。

　　羊妈妈这时候正在打盹,来给阿原开门的是长得雪球样的羊妹妹。阿原进门后眼睛一直没离开过她,不断地和她耳鬓厮磨,显得十分亲热。

第二天清晨,羊妈妈带着她的孩子们出门,阿原就一直跟着那个羊妹妹,始终和她在一起,还瞅个空子突然吻了她一下。那一刻,羊妹妹立刻垂下了她那长长的睫毛,脸涨得通红,阿原能清楚地感觉到她剧烈的心跳。羊妹妹没有一点挣扎,这说明羊妹妹已经爱上阿原了,阿原抹抹嘴唇,馨香四溢。

阿原和羊妹妹一同走过森林草地,一同看蓝天白云、彩蝶飞舞,长这么大,阿原还是第一次有如此甜蜜的感觉。这天,阿原无意中看到自己胳膊上套的一个毛圈,那是用狼的皮毛做的,是太奶奶留给他的,他猛然醒悟:自己该回家了。

在小溪旁,阿原小声对羊妹妹说:"我们去上游,那儿的水最甜。"羊妹妹一听,立刻就跟着阿原走。就这样走啊走,走啊走,走到一个洞穴前,阿原又对羊妹妹说:"我们进去玩玩吧!"热恋中的羊妹妹又立刻顺从地跟在阿原的身后,走进洞去。

可羊妹妹并不知道,这个洞穴其实就是阿原的家!

阿原带着羊妹妹走进洞里,狼妈妈看到阿原回来了,喜不自禁地上来拥抱他,泪水涟涟地说:"总算回来了,我的儿子,我还以为你被猎人逮去了呢!"

羊妹妹这才意识到了不妙,可一切已晚,狼妈妈一掌就将她推倒在地,并且立刻跑过去关上了洞门,龇着大牙准备吃掉她。

眼看这个为自己献出初吻的羊妹妹即将身遭不幸,阿原心中不由一阵战栗,心里突然好痛好痛。他想了想,对妈妈说:"妈妈,请你再留她一个晚上,让我在她临终前为她做点什么吧。"但其实在这天夜里,阿原偷偷解开妈妈绑在羊妹妹身上的绳子,毅然打开了洞穴的门,他想放羊妹妹回家。

可就在这时,狼妈妈突然出现了,她"啪"地给了阿原一个重重的耳光,大声训斥道:"你这个没出息的东西,我就知道你对她动了心。你忘记祖上太奶奶的教训了？太奶奶当初恋上一条猎狗的时候，就是因为不听劝阻，最后把命断送在了猎人手上。你看看你胳膊上的毛圈吧，这就是用太奶奶的毛皮做的，这是警示！记好了，狼就是狼，我们必须杀死对手，否则就没有生存的地方！"说完，狼妈妈一口就咬断了羊妹妹的一只脚。

阿原见了又气又急，他扑上去使劲儿推开狼妈妈，狼妈妈由于没防着，重重地摔倒在了地上，四肢乱颤，口吐白沫，嘴里不断呻吟："哎哟，痛死我了，我要死了……"

阿原的兄弟们见此情景，一个个都吓坏了，阿原也不知如何是好。

这时，羊妹妹开口道："我们家族熟悉各种各样的草，我知道有一种草能治伤。"

阿原的大哥不信，瞟了羊妹妹一眼，对他的弟弟们说："别听她花言巧语，我们必须提防她！"

阿原看看羊妹妹，又看看剧痛难忍的妈妈，对大哥说："我们还是赶快去采草药来给妈妈试试吧，只要看住她，她又怎么跑得了？"

大哥一想也是，于是一群狼就押着羊妹妹一起去采草药，把草药采回来给狼妈妈吃下后，身上的伤痛果然好了。阿原感激地看着羊妹妹，趁机对妈妈说："羊妹妹有功，把她放了吧？"

狼妈妈无奈地看看阿原，只好点头答应。但是狼族的规矩严厉，不能堂而皇之地明着放，狼妈妈要阿原给红房子里的羊送信，要他们明天上午到二十四草坡来把羊妹妹接回去。阿原不敢耽搁，急忙把信送到了红房子。

第二天上午，阿原心情沉重地和羊妹妹踏上去二十四草坡的路，和羊妹妹家的人会合。风呼呼地唱着忧伤的歌，阿原看着羊妹妹一走一跛的脚，想着以后不知道有没有再见面的可能，眼眶里竟然落下了露珠一样的液体，他并不知道，那叫泪。

二十四草坡不大，四周绿树环绕着，阿原把羊妹妹带到草坡，不一会儿，羊妹妹的家人也来了，羊妹妹一瘸一拐地跑上去，偎在羊妈妈的怀里，母女俩抱头痛哭。可就在这时，突然一群狼箭一般的冲了出来，原来狼妈妈带着她的九个儿子全来了，他们把羊妹妹的家人逮了个正着。

阿原疯狂地朝狼妈妈叫道："我恨你，你不守信用，你利用我……"

狼妈妈大笑着说："狼永远是狼，是狼就不能有朋友，更不能有爱情，我们最终的目标就是打败我们的敌人！太奶奶，我也算给你报仇了！哈哈哈……"

谁知狼妈妈笑声未停，突然"砰砰砰"几声枪响，猎人们从天而降，狼妈妈和她的那九个儿子，顷刻间全倒在了血泊之中。

身负重伤的阿原爬到羊妹妹面前，问她："我是真心喜欢你，为了你，我可以永远披着羊皮跟你在一起，而现在……这一切是为什么？"

羊妹妹苦笑着说："阿原，我也喜欢你，但是我们几千年留下来的家规就是：羊不能与狼为友……"

阿原听了很伤心，他"腾"地跳起来，朝羊妹妹扑去，他要永远和她在一起。可就在这时，只听"砰"一声枪响了，阿原被猎人手中的枪射中了心脏。

猎人鄙视地说："狼就是狼，什么时候也变不了吃羊的本性。"

可是，只有羊妹妹心里知道：阿原那最后一扑，其实是要最后吻她一次，就像当初第一次一样。羊妹妹伤心得眼泪直流，心里默默地说：阿原，不要恨我，要恨就恨这致命的一吻，它不该发生，因为你毕竟是狼，而我终究是羊……

（徐梅生）

（题图：佐　夫）

我是一条小鱼儿

　　我是一条小鱼儿，才长到半寸多一点儿，就被鱼贩子从池塘里捞出来，扔进了筐里。

　　就在我快要渴死的时候，突然听到一个老太太的声音："快看看，筐里还有一条小鱼呢，快点把它放到水池里去，要不它会被憋死的。"鱼贩子很不耐烦，说："一条小破鱼儿，有什么可大惊小怪的，你要是可怜它，就送给你吧。"老太太一听这话就乐了，立即打开随身带的矿泉水瓶子，把我放了进去。我一下子就来了精神，在瓶子里面给老太太三鞠躬，感谢她的救命之恩。

　　这时候，就见一个记者走了过来，他扛着摄像机，对老太太说："大妈，您老人家仁慈为怀，救了这条可怜的小鱼儿，真是太令人感动了。我刚才把您的一举一动全拍了下来，请您对着全市的观众说上几句话吧!"

老太太不好意思起来,说:"我……我只是觉得,鱼儿虽小也是条生命,再说我有个小孙子,我想把鱼拿回去给他玩。"

记者说:"大妈,您讲得太好了,鱼儿再小也是一条生命。我们新上任的刘市长有您这样一位充满爱心的母亲,他该多么自豪呀!能否请您谈谈刘市长小时候的事情,我们全市人民都想听听。"

老太太脸红了,说:"这和我儿子没关系,他不让我多管闲事,我走了。"老太太说完,带上我就走,可记者不干,追着老太太要她讲话,吓得老太太赶紧加快了脚步。

老太太回到家里,把我放进了一个玻璃缸里,高兴得我又蹦又跳。

可谁知晚上刘市长回来,却大发脾气,埋怨老太太说:"妈,我告诉你多少遍了,不要在外面出头露面,你就是不听。你看看,报上把你救鱼的事登出来了,还说你是中国最慈祥的母亲呢……"

刘市长话还没说完,他们家里的那个小家伙就打开了电视,画面上正在播放老太太救我的全过程,小家伙手舞足蹈地说:"爸爸,快看呀,奶奶上电视了!"

刘市长一看,更加火冒三丈,对老太太说:"一会儿要是有人来,千万别说我在家,我现在谁也不想见,更不想就此事发表任何看法。"

刘市长话音刚落,果然就有人敲门了,他赶紧走进里屋。

来人进门就道喜,还带来很多吃的,说是给我的。这个人还没走,紧接着就又来了不少人,个个手里都拿着好吃的,有的还放下了很多钱。还有人特意走到玻璃缸前来看我,夸我多么可爱,多么漂亮,简直把我夸成了一朵花。

老太太呢,起初说什么也不肯收钱,可是架不住他们求她,最后没办法，只好把钱收下。

夜深时，这些人总算全走了，刘市长从里屋出来，看着堆积如山的各种物品，不禁喟然长叹："唉！这可怎么好呀？"

老太太却不以为然："一条小鱼算什么，我是要回来让孙子玩的，就这还能给你招出事儿来？"

可刘市长却不这么看，他在屋里转开了圈，最后一狠心，拨通了市委书记的电话，把我的情况作了汇报，说："我想，明天就把这条鱼和这些物品上交到市委去。"

可谁想，听完刘市长的汇报，市委书记不但没有生气，反而哈哈大笑起来，说："你别那么大惊小怪的，我看这不是件坏事，只要我们处理得好，还会成为一件大大的好事。通过这件事，开展一项爱心大行动，让全市人民来献爱心，这样不是更好吗？"

后面我就不知道他们俩是怎么商量的，反正第二天我就被刘市长带到了市委，再由别人将我带到一个大会客厅，厅的正中央摆着一个八仙桌，桌上放着一个大鱼缸，我被放进了大鱼缸里，感觉好舒服呀！

我发现，自从我被带进大会客厅的那一刻起，这里就成了欢乐的海洋，人们像潮水一般涌来，有捐钱捐物的，也有站在鱼缸前与我合影留念的。不过我挺不喜欢他们，因为我觉得这些人真霸道，和我照相从来不经我同意不说，还总爱拉着刘市长和市委书记一起照。这叫什么呀？那么多闪光灯一亮一亮的，都快把我的眼睛给闪瞎了。

一晃一个多月过去了，来的人渐渐少了，不过我的待遇还是蛮高的，鱼虫、饼干、面包，什么吃的都有。可是突然有一天，我感觉气氛有些不对了，那些天天守护我的工作人员全撤了不说，刘市长也好久不见了。这是怎么回事？

还没等我明白过来，厄运就降临到了我的头上：过去人们见了我那么亲近，现在他们的眼睛里却突然对我充满了憎恨和鄙视,有的人还咬牙切齿地往我身上吐痰、扔垃圾。

我不明白为什么会发生这样的变化,我觉得自己快要承受不住了。

就在这个时候,老太太再一次出现了,我一看到她就伤心地直哭,她也不说话,只是拨开缸里的垃圾和浓痰,小心翼翼地将我抓起,重新放进她带来的矿泉水瓶子里,我一下子就感觉身上爽快多了。

老太太带着我走出大会客厅,她神情显得非常悲伤,一边走一边抹泪。不大会儿工夫,她就把我带到了一条小河旁,哭着对我说:"鱼儿呀,小鱼儿! 当初我看你可怜,才把你带回家,谁知好事的记者小题大做,更有一群拍马屁的能手大吹大擂,搞什么献爱心活动,这一献不要紧,就把我的儿子给献进牢里去了。唉! 我对不起儿子,现在儿媳妇带着小孙子走了,我还有什么老脸活在这世上呀……"

老太太哭得很伤心,她一边说,一边把我轻轻地放进小河,朝我挥挥手说:"鱼儿呀,你逃生去吧,咱们下辈子再见……"

看着老太太伤心至极的样子,我脑子里一个闪念:莫非老人家要寻短见? 我吓坏了,急忙将自己的头向河中的大石头撞去。这一撞,我就晕死过去了。

老太太一看愣住了,赶紧将我从河里捧起来,流着泪说:"鱼儿呀,你这是干什么呢? 你要让我怎么办才好呀?"

我睁开眼睛,看到老太太慈祥的眼神,我知道她不会再去自杀了,这才放下心来。为了救老太太,我刚才只能这么做,因为我只是一条可怜的小鱼儿,除此之外我什么本事也没有。

一晃三个月过去了,那天喜从天降,刘市长竟然平安无事地回来了,而且还官复原职。刘市长告诉老太太:"我的一个下属贪污了献爱心的捐款,被查了出来,有人想把我也搞下台,诬告我有贪污行为。可事实就是事实,最后组织上还了我清白。"

刘市长一回来,家里就又热闹起来,祝贺的人来了一拨又一拨,他们还是照样和刘市长说笑,照样有人要和我合影。不过这回我可没有以前那么傻了,对那些曾经往我鱼缸里吐痰的人,我坚决不和他们正面照相,只给他们一个屁股。

这天,等那些来上门的人全散去了之后,刘市长对老太太说:"妈,你别说,这条鱼儿还真有点灵性,这次凡是给我下套的人,它一律全用屁股对着人家,而对那些为我申诉、为我抱不平的人,它就摇头摆尾地挺热乎,好像它知道内情似的。"

刘市长的话不知怎么地就在外面传开了,以后来看他的人就都先来和我照相,看我是用屁股对他,还是朝他摇头摆尾,一时间我似乎成了一条神鱼。

有人向刘市长出一百万高价要买我,刘市长夫人还真动了心,她对刘市长说:"如果有人真出一百万,那就卖了吧?"

刘市长不同意,说:"这些人醉翁之意不在酒,这是在借机行贿。"

刘市长和夫人言语不和,越说越僵,最后吵了个天翻地覆。

当天夜里,老太太又把我带到小河边,她捧起我,说:"鱼儿呀,小鱼儿,为了我们一家人的安宁,我只好让你走了。"

她把我放进小河,我对她深深地鞠了三个躬,然后一游三回头,流着泪向远方游去……

（何选奇）

（**题图**:谭海彦）

恐怖拍摄

　　导演看到一部十年前的老电影，那是一部恐怖片，不知什么原因一直没有和观众见面，但片中女演员的精彩表演却让人过目难忘，导演被她的演技折服，决定找她出演自己的下一部电影。

　　导演颇费周折才找到这位女演员，没想她竟依然和十年前一样漂亮，岁月仿佛并没有在她脸上留下任何痕迹，她非常爽快地就答应了导演的请求。

　　这部即将开拍的电影内容是：女主角受到了诅咒，从此不能微笑，任何看到她笑容的人都将死于非命……导演发誓要把它拍成一部能传世的经典恐怖片。

　　第一场戏是女主角得知自己被施诅咒以后的一场哭戏，听导演说戏的时候，女演员脸上毫无表情，导演还怀疑她是不是能理解自己的意思。可谁知导演刚一喊"开始",女演员立即进入角色,哭得肝肠寸断,欲罢不能。导演一喊停,她又立即收住哭声,从地上爬起来,若无其事地整理着身上刚才弄乱的衣服。

一般演员进入角色和走出角色,都需要时间,可这个女演员却完全像一台机器,进出角色好像有个按钮似的,说哭就哭,说停就停,导演隐约觉得这女演员有些奇怪。

随着拍摄深入,女演员出色的演技几乎没让导演费什么心,然而导演却越来越觉得这女演员不寻常:她总是一个人,从没有亲戚朋友来探班;她也从不和剧组其他人说话,拍完自己的戏,就在角落里安安静静地坐着。

那天要拍的,是女主角刚刚经历了一场大劫难之后,精疲力竭,伤痕累累……可拍摄时间到了,女演员还没有来,这之前从来没发生过这样的情况,导演不由焦急地掏出手机,准备联系女演员。谁知就在这时,他突然发现所有人的目光都聚焦在自己身后,扭头一看,那女演员正一瘸一拐地朝他走来,长长的头发湿湿地粘在一起,衣服不但肮脏破烂,而且上面满是血污,只见她弓着背,一条手臂像折断的树枝一样垂挂在胸前,另一只手则紧紧握着一把血迹斑斑的斧头,脸色苍白,目光空洞,仿佛刚刚经历了一场殊死搏斗。

导演顿时眼睛一亮,大喊一声:"开拍!"便屏息静气地看着女演员出神入化的表演。突然,他感觉有一只手搭在自己肩上,回头一看,是剧组里的化妆师,正气喘吁吁地站在背后。

导演朝他笑笑,刚想表扬他把女演员的妆容化得如此逼真,没想化妆师却惶恐地先开了口:"对不起,导演,我来晚了。"

"什么?她的妆不是你化的?"导演脸上的笑容僵住了。但事后他并没有去询问女演员,他对这个沉默寡言的女人越来越敬而远之。他这样对自己解释:也许真是这个女人自己给自己化的妆,毕竟她是个敬业的演员嘛。

这天,需要拍摄一场女主角的裸戏,征得女演员同意后,导演把拍摄地点选在了一间小屋,屋里除了演员和导演,只留下摄影师和灯光师。导演一说"开始",那女演员就脱光了衣服,柔和昏暗的灯光下,她的身材玲珑有致,皮肤闪着润泽的光。

突然灯灭了,屋子里一团漆黑,灯光师嘀咕了一句:"好像线路有问题。"摄影师一听,赶紧上去帮忙。这时,导演似乎听到女演员一声惊呼,他觉得自己有责任减轻突然变故给女演员带来的恐慌,于是就摸索着走过去,劝慰女演员道:"一点儿小麻烦,很快就会好的,别害怕……"

但是黑暗中,导演立刻感到有一条滑腻的手臂像蛇一样攀上了他的脖颈,一个手指头还在他耳根旁轻柔地画着圆圈。导演惊呆了,心跳得简直控制不住,虽然对圈子里的一些事早有耳闻,可他自己还从来没有经历过……

不过就在此时,只听灯光师如释重负地喊了一声:"好了!"

灯光亮起的刹那,滑腻的手臂立刻离开了导演的脖颈,导演看到的是女演员那张像往常一样毫无表情的脸,同时也看到她在灯光亮起的瞬间,似乎把什么东西塞到了枕头下面。

拍摄结束后,女演员走了,导演走到床边掀开枕头,不由倒吸了一口冷气:那里躺着一把锋利的水果刀。导演想不明白:这个女演员究竟要对自己干什么?难道她曾被男人抛弃过而导致了心理变态?导演安慰自己:明天最后一场戏拍完,全剧就要杀青,无论这女人多么奇怪多么可怕,自己都不会再接触她了。

最后拍的镜头里,有一个是女主角的诅咒被解除之后,对心爱的男人露出灿烂的笑容。导演喊了声:"开始!"女演员立刻笑了起来,导演在监视镜里看到的,完全是一种如释重负之后的笑,劫后余生的笑,舒展至极的笑,这笑容看上去是那么真诚,那么热情,这种几近完美无瑕的笑,让女演员看上去甚至比平时显得更年轻、更美丽。可不知为什么,导演却顿觉毛骨悚然,他立刻脱口喊了声:"停!"

　　奇怪的是,这之后的拍摄就不那么完美了,所有在场的人都感觉和女演员演对手戏的男演员越来越心不在焉,越来越神情恍惚,最后一条片子勉强通过时,大家都笑他没出息,看到女演员笑了怎么就迈不开步子了。

　　不过导演没有跟着大家起哄,他悄悄注视着女演员,发现全剧杀青后她没有和任何人打招呼,就径直朝摄影棚外走去。

　　第二天清晨,导演接到一个电话,说那个男演员死了,是失足从楼梯上跌下去,被楼道里堆放的钢材刺破了心脏。全剧组的人都感叹世事难料,可也有人说:"这也太巧了……"

　　导演知道这"太巧了"是什么意思,可他不愿意相信,他现在只想赶快把片子剪完,然后好好休个长假。深夜,剪片室里只剩下导演一个人还在忙碌,突然电话铃响了,导演不耐烦地接起电话:"喂,喂? 说话呀?"

　　电话那头传来一阵悠远的笑声:"嘿嘿嘿嘿……"

　　是女演员的声音,导演立刻想起了那天她浑身血污的样子,还有枕头下那把闪着寒光的小刀,最后镜头里难得的笑和男演员离奇的死……导演心里直打"咯噔",他强作镇定,咳了一声:"有什么事吗?"

　　"嘿嘿……你觉得我演得好不好? 你觉得我演得好不好……嘿嘿……"女演员的笑声渐行渐远,然后是一串尖锐的忙音。

　　导演紧张得"扑通"把电话扔在了地上,他努力平复着自己的心跳,想:这个女人真是疯了,可她的演技又是多么精湛,她几乎是我见过的最好的演员,演得就像真的一样。

　　就像真的一样? 导演立刻想起有人在得知男演员死讯时说的一句话"这也太巧了",他心里猛一动,"腾"地从椅子上弹起来,胡乱翻找起已经剪好的带子来。他手忙脚乱地把带子塞进放映机,反复告诉自己:"我现在要找到这个女人的破绽,哪怕只有一丁点儿蛛丝马迹,就能推翻那可怕的设想了。"

随着放映机开关的打开,画面出现了,就是那个女演员美丽苍白的脸,慢慢绽放出迷人的微笑。导演不相信地向后倒带,可自始至终都不见拍好的影片内容,只有女演员的那张笑脸,一直占据着整个画面。她旁若无人地笑着,像定格在那里似的,永远不知疲倦地笑着⋯⋯

一个星期后,报上刊登了这位年轻导演退出电影界的报道,业内人士都对此表示极大的惋惜,可据某影迷透露,他曾在市医院的精神科看到过这位导演。不过这只是小道消息,不足为信。

而此时,在一位著名电影大师家的富丽堂皇的客厅里,大师对一个女人说:"嗯,你总能干得让我满意。拿去吧,这是你应得的。"女人点点头,从大师手里接过一只精致的密码箱,朝门外走去。

大师把身体陷进沙发,惬意地笑着:我怎么能容忍一个初出茅庐的小子大出风头?我并没有做什么,只是让那小子丢失了点儿创作灵感,让他看到那部禁片,在道具上做点小手脚,让人偷换他剪辑好的胶片,这些都是轻而易举就能做到的,只有那个男演员的死亡是个意外,但这却让我的计划更完美。看来,连老天也在帮我,我才是真正的电影大师,我才是制造恐怖的天才!

而女人回到家里,打开密码箱,里面是一支针剂。要知道,这昂贵的针剂,对抗衰老有着显著而持久的功效。女人想:是的,十年前我就以同样的方式得到过一支这样的针剂。我有什么错呢?女人对于年轻美貌的追求,如同男人对于名誉地位的渴望,都一样强烈。十年之后,我还会是一个好演员呢!看着针尖刺入淡蓝色的静脉,女人幽幽地笑了⋯⋯

(王 鑫)

(题图:谭海彦)

　　这天,酒吧里来了三个身穿警服的年轻人。这三个人,一个瘦,一个胖,一个高,很引人注目,他们一边喝着酒,一边大声谈论着自己的破案经历。

　　最瘦的那个年轻人喝得脸色通红,得意地说:"我是约翰警官,最近刚在市中心破了一起奇怪的案件。这案件虽然看起来很简单,但我可以肯定,一般的警察绝对破不了它。"

　　风姿绰约的酒吧老板娘在旁边听了,忍不住说:"你可别太骄傲,有什么别人肯定破不了的案子? 你说出来听听,在场的人若都破不了,我就请你免费喝一杯威士忌。当然,如果有人能破,那你得付我两杯威士忌的钱!"

　　约翰当然一口答应,还转过头对周围客人说:"大家要替我

们作证,到时可不准她反悔!"见众人都点头表示同意,约翰便洋洋得意地讲起了他破过的一个案子:

"那天早上我在警察局值勤,突然接到一个电话,是一家钟表维修店打来的,说有人要抢他们店里最名贵的手表,这人话还没说完,电话就突然挂断了,我于是赶紧骑摩托车赶到了现场。

"我看见店里的几个售货员全都倒在血泊之中,店老板头破血流地趴在柜台边,有气无力地抬起手臂指指南边,对我说:'警官,劫匪往那边跑了,他抢走了我祖传的名表!'我见他伤得很重,就拿起对讲机向队长要求派辆急救车过来,可队长却告诉我,急救车要半个小时之后才能赶到。我心里很着急,下意识地问店老板此时几点,店老板抬头看看满墙挂着的钟表,告诉我是十点十分。我一听,立刻掏出手枪对准了他,因为我认定他就是劫匪,真正的店老板已经被他杀死后藏在了柜台里,他翻箱倒柜,好不容易才找到店老板珍藏的名表,可还没来得及逃跑就被我堵在了店里,于是他只能把自己的头打破,伪装成受了伤的店主。你们知道我是怎么看出他是伪装的吗?"

老板娘想了想,问约翰:"是不是那个罪犯抬起手臂的时候,你发现他手上戴着那块名表啊?"

约翰摇摇头:"他可没把表戴在手上,我也是事后从他身上才搜出来的。"

周围人一听,都纷纷猜测起来,可是都没说到点子上。

老板娘于是就对约翰说:"你还是把答案直接说出来吧!不过,你的答案若是不能让我们心服口服,那就该罚你!"

约翰自信地笑笑,说:"没问题,如果不能让你们服气,就算我输。"然后,他就继续讲了起来,"问题就出在我问他时间的时候,他说十点十分,这就露出破绽来了。小时候,我家隔壁是开钟表店的,所以我知道,钟表店里摆放的所有钟表,都常年把时间调在十点十分上,不信的话,大家可以自己去钟表店看。为什么呢？因为店里的工匠认为每天早上的十点十分，是一天当中最美好的时刻，这个时刻，时针和分针正好呈 V 字形，工匠们认为这是表示胜利的意思，这是钟表店的规矩。而那家伙看见墙上所有的钟表都指向十点十分，便以为那就是指的具体时间，因而露了馅。显然，他是个外行。"

约翰这么一说，周围人都点头称是，老板娘只好倒了杯威士忌，免费送给他喝。

三个年轻人中的胖子看见约翰得意地品尝威士忌，坐不住了，他指着约翰，对老板娘说："我也想来杯威士忌，我是伦敦来的亨利警官，下面我也给大家讲个我破的案子吧，规矩跟他的一样，行不行？"

众人越发来了兴趣，老板娘也一口答应，于是亨利就慢条斯理地讲了起来：

"那天晚上，我也接到一个报警电话，是一个富有的太太死在了家里，打电话报警的是她家的女佣，我接到电话后就马上赶了过去。

"一到案发现场，我吓了一大跳，只见一个肥胖的女人死在一张大沙发里，样子很恐怖，舌头吐得很长，脖子上有很深的勒痕，很像是被绳子缠住脖子后勒死的。有只猫正围着胖女人'喵呜喵呜'乱叫。我四处检查，希望能找到凶手留下的痕迹，可是凶手很狡猾，我在现场没有找到他的任何指纹，只看到一个模糊的脚印，因为正好一脚踩在猫尿上。女佣哭着告诉我，她在叫主人吃晚饭的时候才发现主人已经死了，主人平时很喜欢这只猫，做什么事情都和猫在一起。

"我问女佣，那个脚印是不是她踩的，女佣马上摇头，说自己一发现主人死了就赶紧报警，没有踩到过猫尿。我绕着房间看了一圈，发现窗台上有一盏灭蚊灯，就马上关上房间里的大灯，拎起灭蚊灯在屋间里四处照。很快，我心里就有了底，认定女佣刚才是在对我在撒谎。后来在确凿的证据下，女佣不得不承认她就是杀人凶手。你们猜，我是怎么看出这个女佣在撒谎的？"

众人又开始议论起来，可是都说不出个所以然。

老板娘想了半天，最后也是摇头，对亨利说："说吧，你就自己爽爽快快把答案说出来吧！不过，要让我们心服口服啊！"

亨利笑了："各位谁养过猫没有？听人说，猫尿在夜里是会发光的。"

老板娘好奇地问："真的吗？猫尿在夜里会发光？"

亨利说："我家里也养猫，所以专门收集了猫尿，可在黑夜里并没有看到它会发光。我不甘心，做了多种试验，后来终于发现，在灭蚊灯的照射下，猫尿才会发出绿莹莹的夜光。所以猫尿夜光一说是有道理的，因为一般猫尿里面都含有蛋白质，蛋白质在红外线照射下会有荧光反应，灭蚊灯是红外线灯，所以猫尿能在灭蚊灯的照射下发光。我当时在现场用灭蚊灯照到女佣时，发现她左脚那只鞋上有幽幽的夜光，和我看到猫尿在灭蚊灯下发出的光一样，这就说明她脚上有猫尿，那个脚印应该就是她的，所以确认她在撒谎。"

亨利说完，得意地看着大家，众人不由啧啧赞叹。

这时，剩下的那个高个子年轻人对老板娘说："老板娘，他们两个的破案经历太精彩了，我讲不出更好的，所以看来我只能自己掏钱喝酒了。"

众人原以为又能听一个精彩的案子，一听他这么说，顿时就觉得有点扫兴，于是就散了开去。

老板娘也很失望，端出一杯威士忌给高个子。高个子一口把它喝了，然后对众人道："各位先别急着走嘛，我有个问题请你们猜猜。我们三个人中，谁是假警察啊？"

大家一听，猛地愣住了，觉得这个问题有意思，他们的兴趣不觉又被提了起来。

高个子说:"我看,这个机会还是留给老板娘吧! 猜对了,我给她酒钱;没猜对,她可要请我喝一杯哦!"

众人的目光于是就在亨利、约翰和高个子之间扫来扫去,他们觉得约翰和亨利刚才说的都合乎逻辑,可看高个子这架势,也不像假警察啊,他们当中到底谁会是假的呢?

老板娘围着三个人绕了一圈,笑着说:"我来猜猜吧,我觉得这……这三个人都不是真警察。"

众人闻言大惊,纷纷摇头。

可高个子却笑了:"老板娘果然有眼力,我们三个人的确都是假警察。我们都是演警察的演员,什么案件也没破过,最近正好在附近拍电影。"

众人一听,便要老板娘讲讲她是怎么看出这三个人的破绽的。

老板娘说:"你们想听也可以,不过老规矩,如果我的理由不能让你们服气,我请在座的每位免费喝一杯威士忌;但你们要觉得我说的还行,那可就请各位要多给一杯威士忌的小费呵!"

众人立刻点头。

老板娘于是微微一笑,说:"他们讲的故事里面都有破绽,但这还不是主要的……"

众人听了不由更加好奇:"老板娘,快说下去呀!"

老板娘说:"你们见过有哪个警察是为了喝杯威士忌给你们讲故事的啊? 他们从来都是喝完霸王酒拍拍屁股就走,不但不结账,还要在老娘屁股上摸一把……"

（华登喜）

（题图:谭海彦）